Bibliothèque Historique des Provinces

COLLECTION DE DOCUMENTS ET D'ÉTUDES SUR LE PASSÉ DE LA FRANCE

HISTOIRE — GÉOGRAPHIE

LETTRES — SCIENCES — FOLKLORE — POLITIQUE

Directeur : M. HENRY CARNOY

VOL. Iᵉʳ

UN ROMANTIQUE DE LA PREMIÈRE HEURE

EVARISTE BOULAY-PATY

Son Journal intime et sa Correspondance

1829-1831

SUIVI D'UNE ÉTUDE SUR « CARRIER A NANTES »
ET DE DIX LETTRES DE FOUCHÉ DIT « FOUCHÉ DE NANTES »
DUC D'OTRANTE.

PAR

Dominique CAILLE

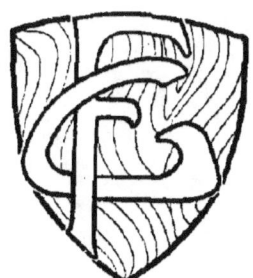

PARIS

LIBRAIRIE GÉNÉRALE ET INTERNATIONALE

GUSTAVE FICKER

4, Rue de Savoie, VIᵉ

M.CM.VII

BIBLIOTHÈQUE HISTORIQUE DES PROVINCES

VOL. Ier

EVARISTE BOULAY-PATY

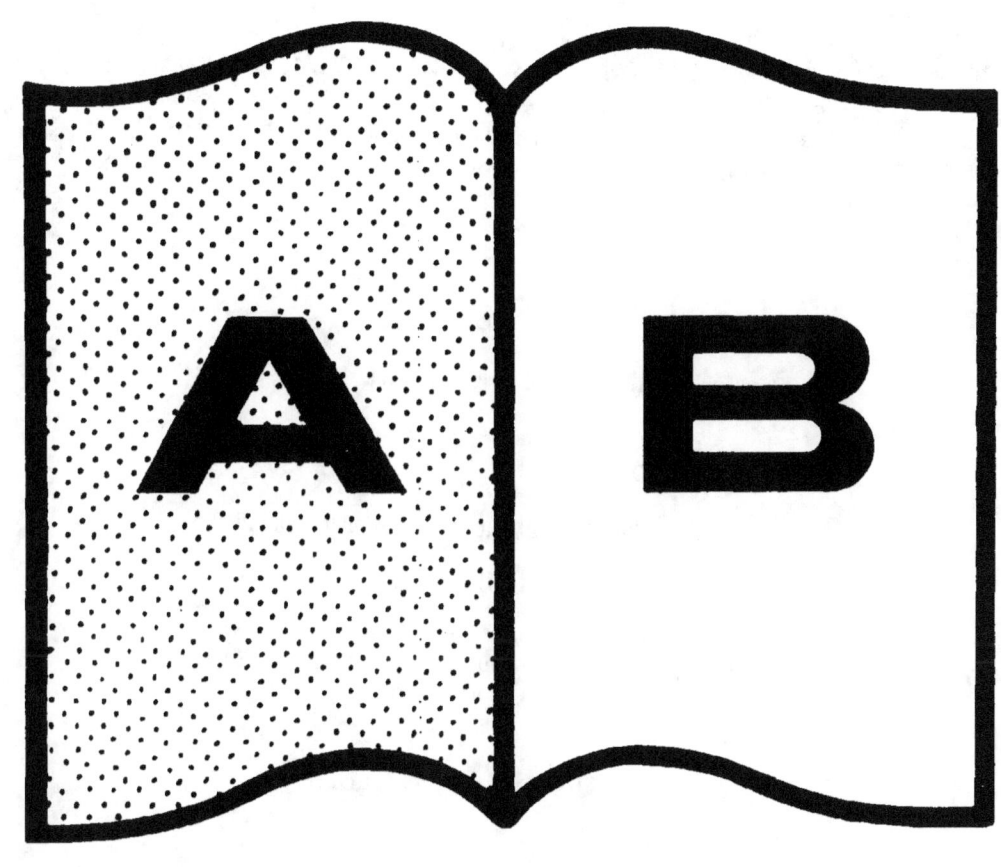

Contraste insuffisant

NF Z 43-120-14

Bibliothèque Historique des Provinces

COLLECTION DE DOCUMENTS ET D'ÉTUDES SUR LE PASSÉ DE LA FRANCE

HISTOIRE — GÉOGRAPHIE

LETTRES — SCIENCES — FOLKLORE — POLITIQUE — etc.

Directeur : M. HENRY CARNOY

VOL. Ier

UN ROMANTIQUE DE LA PREMIÈRE HEURE

ÉVARISTE BOULAY-PATY

Son Journal intime et sa Correspondance

1829-1831

SUIVI D'UNE ÉTUDE SUR « CARRIER A NANTES »
ET DE DIX LETTRES DE FOUCHÉ DIT « FOUCHÉ DE NANTES »
DUC D'OTRANTE

PAR

Dominique CAILLE

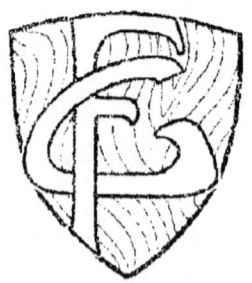

PARIS

LIBRAIRIE GÉNÉRALE ET INTERNATIONALE

GUSTAVE FICKER

4, Rue de Savoie, VIe

M.CM.XI

EVARISTE BOULAY-PATY

SON JOURNAL INTIME ET SA CORRESPONDANCE

(1829 A 1831)

Félix-Cyprien-Evariste Boulay-Paty naquit le 19 octobre 1804, à Donges (Loire-Inférieure, et non Ille-et-
Vilaine, comme on le lit dans le *Nouveau Larousse illustré*).
Il passa son enfance dans son bourg natal, et, ses études
terminées, il se fit inscrire au Barreau de Rennes. Mais,
ayant contracté une liaison amoureuse avec une dame de
cette ville, sa famille pour la lui faire rompre, l'envoya à
Paris en 1829. C'est cette intrigue qu'il a poétisée dans
une sorte d'autobiographie romanesque où il s'est mis
en scène sous le nom d'*Elie Mariaker*. Comme son
héros, Boulay-Paty pouvait s'écrier :

Que j'aime mon vieux bourg, mon vieux bourg de Bretagne (1),

comme lui il avait reçu l'aveu de sa bien-aimée aux ac-
cords de la *Valse de Robin des Bois* (2); comme lui il avait
été exilé à Paris ; comme lui il avait un ami du nom

---

(1) *Elie Mariaker*, p. 129.
(2) *Elie Mariaker*, sonnet VI, p. 178, et *Revue des Provinces de
l'Ouest* : tom. VI, p. 114 : *Souvenirs d'une Nantaise* par Madame
Riom. « Ayant fait faire, écrit madame Riom, une orgue de
Barbarie pour lui chanter la *Valse de Robin des Bois*, il (Boulay-
Paty) en berçait ses nuits ; c'était, paraît-il, pendant cette
valse qu'il avait reçu le serment de celle qu'il avait tant
aimée ».

d'Hippolyte (1) resté à Rennes auquel il pouvait adresser ce sonnet :

Eh quoi ! vous l'avez vue et vous avez dansé
Avec elle, Hippolyte ! Avez vous bien pensé
A moi, pauvre exilé, souffrant et toujours triste,
Qui des Werthers peut-être augmenterait la liste.

Car j'ai le mal d'amour et mes jours m'ont lassé ?
D'un long regard du cœur avez vous repassé
Ce beau lointain perdu dont mon présent existe,
Et vous êtes-vous dit : — Que le bon Dieu l'assiste !

Oh ! oui, vous l'avez dit, car vous m'aimez beaucoup,
Votre âme vers Paris s'envolant tout à coup,
A voulu me chercher pour prendre votre place !

Oui, car ce soir-là même avant de m'endormir,
J'ai senti sur mes yeux, comme une âme frémir,
Et la mienne m'a fui pour voler sur sa trace.

Il m'a semblé qu'une étude rapide du *Journal intime* (2) et de la *Correspondance* (3) de Boulay-Paty à son arrivée à Paris et à l'époque où il écrivait son roman, ne pourrait manquer d'intéresser le lecteur. Malheureusement la plus grande partie du *Journal* a été déchirée peut-être

---

(1) Hippolyte Lucas, né à Rennes en 1807, mort à Paris le 14 novembre 1878. Parmi ses principaux ouvrages on peut citer une *Histoire philosophique et littéraire du Théâtre Français depuis son origine jusqu'à nos jours* (1843) et deux recueils poétiques *Heures d'amour* (1832) et *Chants de divers pays* (ce dernier ouvrage a été publié en 1893 par les soins de MM. Léo Lucas et Olivier de Gourcuff).

(2) *Annales de la Société Académique de Nantes*, 1900 ; *Journal Intime* d'Evariste Boulay-Paty, publié par Dominique Caillé.

(3) *Revue de Bretagne, de Vendée et d'Anjou*, 1892, tome II, pp. 109 à 120 et pp. 120-197. *Dix Lettres de Boulay-Paty*, publiées par D. Caillé. (Ces dix lettres furent adressées par Boulay-Paty à son cousin Eugène Lambert, auteur des *Fleurs du Bien* et d'*Essaim de Sonnets*, qui devait publier, en 1865, les poésies posthumes de Boulay-Paty sous le titre de *Poésies de l'Arrière-Saison*. Le fils d'Eugène Lambert qui portait le même prénom que son père, me les a léguées en 1893 et j'en ai fait don à la Bibliothèque municipale de Nantes avec une des plus belles lettres qu'ait écrites Lamartine et un billet de parterre donné par Victor Hugo à Boulay-Paty pour une représentation d'*Hernani*.

par Boulay-Paty lui-même qui a recommandé à la fin de sa vie de détruire tout ce qu'il y avait d'immoral dans ses œuvres. Les trois feuilles disparues devaient contenir en germe son *Elie Mariaker*. Boulay-Paty n'avait pas oublié ses amours de Rennes, comme le prouve non seulement son *Elie Mariaker*, mais encore le récit que l'on rencontre incidemment jeté dans son *Journal Intime*, d'un songe qu'il fit le 24 mai 1830 ; il y revoyait en imagination, celle à laquelle il pensait sans cesse pâle, triste, ennuyée dans la campagne près de Rennes, et s'entendait dire par elle : « Oui, je t'aime toujours ! »

*
* *

Tel qu'il est le *Journal* se compose de quelques feuilles de mauvais papier attachées ensemble par un ruban brun dentelé ; Evariste Boulay-Paty y a noté au courant de la plume, sans le moindre apprêt, sans le moindre souci du style, avec la plus entière franchise, et parfois avec un peu de vanité juvénile, les impressions qu'il ressentit dans les premiers temps qu'il passa dans la Capitale. Il y arrivait précédé de la réputation de son père Sébastien, ancien membre des *Cinq-Cents* et savant jurisconsulte que Dupin aîné, dans un article de la *Revue encyclopédique*, a placé à côté de son compatriote Toullier, surnommé le *Pothier moderne*. Toullier avait donné une lettre de recommandation au fils de son ami ; deux Rennais, l'écrivain gentilhomme comte de Kératry et l'éminent jurisconsulte Carré (1) en avaient fait autant. Le jeune Evariste, alors âgé de 25 ans, arrivait donc à Paris avec de solides appuis. Il fut présenté, comme il le raconte dans son *Journal*, le 12 décembre 1829, dans une salle du Palais-Royal par Dupin aîné et Casimir Delavigne qui s'intéressait beaucoup à lui, au duc d'Orléans, depuis roi sous le nom de Louis-Philippe. Le duc accueillit le nouveau débarqué avec une bonne grâce charmante et promit de faire quelque chose pour lui. Fidèle à sa parole, il le nomma quelques mois plus tard bibliothécaire du Palais-Royal en remplacement de Dumas démissionnaire.

---

(1) M. Waldeck-Rousseau père a consacré, en 1832, à Carré une notice in-8° d'une feuille et demie.

Cuvillier-Fleury, qui a écrit un journal contemporain de celui de Boulay-Paty sur : *La Famille d'Orléans au Palais-Royal* (1828-1831) (1) a surnommé le *Sonnet fait homme*, notre poète qui s'ingéniait à mettre, en sonnets, tous les événements importants de sa vie parfois avec leur date précise. Dans *Elie Mariaker*, il en a composé un sur la joie qu'il éprouva à revoir sa bien-aimée

Le jeudi vingt-trois juin de mil huit cent trente-un (2) ;

Il a encadré aussi de quatorze rimes le baiser que lui avait donné le *vingt-quatre d'avril* le vieux général Lafayette : « Jamais, a-t-il écrit dans son *Journal Intime*, baiser de femme n'a fait battre mon cœur avec plus de violence, de douceur », expressions que nous retrouvons presque textuellement dans ce sonnet :

UN BAISER

24 avril 1830

Tout tremblant, comme ému d'un toucher électrique,
Un jeune homme à l'œil noir récitait lentement
Des vers qu'il avait faits, où la jeune Amérique
Dans son hôte, fêtait son affranchissement.

Un vieillard aux grands traits, à la face historique,
L'écoutait, laissant voir son attendrissement,
Et quand il eut fini son poème lyrique.
En lui serrant la main, l'embrassa fortement.

L'œil du jeune homme alors jeta l'éclair de l'âme,
Il pleura de bonheur ; jamais baiser de femme
N'avait mis tant d'orgueil en ses jeunes amours.

Moi, j'étais le jeune homme ardent, et La Fayette
Etait le beau vieillard ! Patriote et poète,
Le vingt-quatre d'avril est l'un de mes grands jours (3).

Mais, dit Sainte-Beuve dans ses *Portraits littéraires* (4), « un vœu, un désir que forme l'âme en s'ouvrant à la poésie, c'est d'obtenir l'accès près de l'illustre poète

---

(1) La veuve de Cuvillier-Fleury a fait le 22 mars 1900 hommage de ce *Journal* à l'Académie Française.
(2) *Elie Mariaker*, p. 167.
(3) *Sonnets* par Evariste Boulay-Paty, p. 8.
(4) *Portraits littéraires* par Sainte-Beuve, tom. I, p. 422.

contemporain dont les rayons l'ont d'abord touché, et de gagner une place secrète dans son cœur. » Ce vœu, ce désir, Boulay-Paty le nourrissait à l'égard de l'auteur des *Méditations*, alors dans tout l'éclat de sa renommée. Un soir, il lui écrivit et lui envoya deux pièces de vers : une ode sur la *Chute des Empires* et une poésie couronnée aux jeux floraux intitulée : *Le Charme* (1). Lamartine l'invita à venir le voir. Boulay-Paty s'empressa de se rendre à son appel. Lamartine le complimenta sur ses vers qu'il trouvait « beaux, grands, élevés » ; il lui dit que Sainte-Beuve lui avait parlé de son talent et qu'il désirait beaucoup faire sa connaissance. Puis il s'enquit de ses travaux littéraires et lui demanda s'il travaillait pour le théâtre. Boulay-Paty lui répondit qu'il préparait un volume de poésies et qu'il s'occupait à mettre à la scène *Le Corsaire* (2) de lord Byron. En fin critique, Lamartine lui déclara que d'après ses vers il le croyait plutôt fait pour le genre lyrique que pour le genre dramatique ; observation très juste dont il eût pu lui-même faire son profit, car son *Toussaint Louverture* n'eut qu'un succès d'estime. Le genre lyrique fournit, en effet, à Boulay-Paty les plus grands succès de sa carrière littéraire ; il lui valut une médaille d'or à la *Société Académique de Nantes* pour son ode sur la *Chute des Empires*, une amaranthe aux *Jeux Floraux de Toulouse* où il avait déjà obtenu un *Lys* et un *Souci*, et surtout un grand premier prix de poésie en 1837, à l'*Académie française* pour son *Ode à l'Arc de Triomphe de l'Etoile*, prix qui — fait unique — fut doublé par M. de Salvandy alors ministre de l'Instruction publique. Lamartine le reçut d'ailleurs de la façon la plus cordiale, la plus intime. Il lui parla de Jean Polonius (3), pseudonyme de X. Labinski, atta-

---

(1) Pièce couronnée à l'*Académie des Jeux Floraux* dans la séance du 3 mai 1827, comme nous l'apprend le titre d'une plaquette imprimée à Paris chez Firmin-Didot. Un exemplaire en fut sans doute offert à Lamartine.

(2) Il écrivit *Le Corsaire* en collaboration avec Hippolyte Lucas. Le fils de celui-ci l'a publié il y a quelques années dans la *Revue de Bretagne, de Vendée et d'Anjou*, et en a fait faire un tirage à part.

(3) *Revue des Deux-Mondes*, 15 juin 1840, tom. xxii, pp. 1029-30-31-32, *Poètes et romanciers modernes de la France*, par Sainte-Beuve.

ché d'ambassade de Russie à Londres auquel il avait fait composer ses premiers vers ; de Mᵐᵉ Desbordes-Valmore qu'il préférait à Mᵐᵉ Tastu, et de Jules Lefèvre qu'il trouvait trop constamment beau ; il se jugeait lui-même avec sévérité, disant que la moitié de ses *Harmonies* n'étaient pas dignes d'être imprimées. La femme du grand poète était à son côté ; comme celle du poète de Vigny, elle était Anglaise ; c'était une artiste s'adonnant avec succès à la peinture sur porcelaine et à la sculpture (1). La petite-fille de Lamartine grimpait sur ses genoux ; elle avait huit ans et mourut quelques années plus tard en Judée (2). Lamartine jouait avec sa levrette, il l'embrassait. Enfin il ravit le jeune Boulay-Paty par ses manières franches et naturelles.

Aug. Soulié, membre du comité de lecture de l'Odéon (3), était présent. Il promit au jeune écrivain d'assister à la lecture de son *Corsaire* et sortit de chez Lamartine en compagnie de Boulay-Paty qui l'invita à entrer chez lui ; il accepta et lui apprit dans cette visite d'une heure qu'Eugène Hugo avait tellement aimé Mᵐᵉ Victor Hugo qu'il était devenu fou (4), deux ou trois jours après le mariage de son frère.

Le 29 mai 1830, Boulay-Paty retourna chez Lamartine qui lui lut encore inédite l'*Harmonie* intitulée non *Premier Amour*, comme il le dit dans son *Journal Intime*, mais *Premier Regret* ; il est possible que le titre en ait été modifié au moment de l'impression. Lamartine l'avait composé l'avant-veille. Boulay-Paty en fait de souvenir une analyse, mais ses phrases hachées ne donne

---

(1) On peut voir d'elle trois petits anges en marbre blanc les bras levés autour d'une croix dans le transept de Saint-Germain-l'Auxerrois.

(2) Sa mort fut chantée par Elise Moreau qui obtint une mention honorable à l'*Académie Française*, dans le concours où Boulay-Paty obtint le premier prix. Son élégie fut insérée par Lamartine à la suite de ses *Harmonies*, ce qui lui valut une immortalité qu'elle eût vainement cherché à obtenir par son talent.

(3) Ce passage du *Journal Intime* paraît indiquer que le drame *Le Corsaire* devait être présenté à l'Odéon.

(4) Alfred Barbou a dramatisé cet événement dans son livre *Victor Hugo et son temps* où il dit, sans d'ailleurs en indiquer la cause, qu'Eugène Hugo devint fou à la fin du repas nuptial de son frère.

qu'une idée assez lointaine du style ample et harmonieux
de cette admirable élégie. Ce qu'il y a d'intéressant
dans cette page du *Journal Intime* de notre jeune poète,
c'est qu'elle nous renseigne sur la manière de composer
et de lire de Lamartine. « Quand il travaille, nous dit
Boulay-Paty, il fait le plan de sa pièce d'abord, puis
sur un calepin avec son crayon il écrit à mesure qu'il
fait des vers ; il a trop peu de mémoire (1) pour se les
rappeler. » Puis arrivant à sa façon de les déclamer :
« Il lisait, raconte Boulay-Paty, debout, le dos appuyé
contre la boiserie, d'une voix forte et profonde où tout
son cœur vibrait et en cadençant les vers, mais presque
pas. » Mᵐᵉ Lamartine assistait à cette lecture du *Premier Regret*. « Elle était heureuse et moi aussi » déclare
Boulay-Paty ! Que lui fut heureux, je n'en doute pas,
mais je crains bien qu'il n'ait attribué ses propres sentiments à la femme du grand poète, car je ne comprends
guère le plaisir qu'elle aurait pu éprouver à entendre
son mari célébrer en vers admirables d'ailleurs, une
ancienne maîtresse morte de son abandon. Je trouve
même qu'il était peu convenable à Lamartine de lire une
pareille pièce en présence de sa femme, et ce sans-gêne
me paraît assez justifier cette remarque de Sainte-Beuve
précisément à l'occasion de cette élégie « sur la complai-
sance du poète à décrire le mal qu'il a causé et à trouver
tout naturel que l'on souffrît pour lui » (2).

_____

(1) Lamartine avait en effet peu de mémoire et, pour se
consoler de manquer de cette faculté, il la définissait ainsi au
père de Henri Lacretelle, auteur de *Lamartine et ses Amis* :
« La mémoire... est la main de l'esprit, elle apporte ; elle
coordonne, elle ne produit pas. »

(2) A propos du *Premier Regret*, Sainte-Beuve cite cette pi-
quante anecdote dans sa préface des œuvres de Parny : « Un
soir qu'on lisait à haute voix et qu'on essayait cette pièce
devant quelques personnes parmi lesquelles une jeune fille
spirituelle et pas trop lettrée, que cette harmonie avait d'a-
bord ravie : « Mais, s'écria-t-elle, ce monsieur est fat ! il est
flatté qu'on meure pour lui ! » — C'était peut-être le sentiment
de Mᵐᵉ de Lamartine, mais elle avait trop de tact pour le
laisser voir à un ami de son mari qui se croyait de bonne
foi avoir été le premier à entendre les vers de cette harmonie
et en était tout joyeux. Il n'en était rien pourtant. Lamartine
raconte lui-même dans le commentaire de cette harmonie,
qu'étant en train de les composer « on lui annonça la visite

« Lamartine avait commencé à lire ses vers, mais comme il était venu du monde il s'était interrompu », écrit encore Boulay-Paty. Déjà sans doute le poète craignait que ses vers ne vinssent à nuire à son ambition politique (1) ; il n'avait pas tort, car il ne tarda pas à être attaqué dans leur *Némésis* par Barthélemy et Méry auxquels il fit une réponse magnifique et écrasante. Boulay-Paty, heureux d'avoir été choisi par Lamartine comme confident de ses amours avec Graziella, s'empressa trois jours après de narrer cette visite à Lamartine dans une de ses lettres à son cousin Eugène Lambert (2) qui sont parfois la mise au net de son *Journal* qui s'arrête le 29 mai 1830 et n'a pas été repris.

*
* *

Le 2 juin 1830, il écrivait à son cousin « Lamartine va faire paraître un de ces jours ses *Harmonies* (3) en deux volumes. Ce sont presque toutes des pièces religieuses ; cependant il m'en a lu une dans le genre de ses *Méditations*, un souvenir d'une jeune fille morte à seize ans, intitulé : *Premier Amour*. C'est divin ! Lamartine me semble hors ligne, il vit dans une autre sphère, il est plus haut que le monde et sa voix chante dans les cieux. C'est un admirable génie et dont le genre ne peut être mis en comparaison avec aucun autre. Il me semble que dans quelques siècles d'ici on aurait pris pour des révé-

---

de deux hommes éminents, M. Thiers et M. Mignet ; ils lui demandèrent de quoi il était occupé ». D'un triste souvenir, leur dit Lamartine, et il leur lut quelques-uns de ces vers.

(1) Lamartine avait bien cette crainte, comme le raconte Henri de Lacretelle dans *Lamartine et ses Amis* ; il affichait devant le monde un dédain pour la poésie, mais comme on le voit par la note plus haut il lisait ses vers à tout venant en tête à tête.

(2) Eugène Lambert, né à Donges en 1803, a publié les *Fleurs du Bien*, *Essaim de Sonnets* et les *Poésies posthumes* de Boulay-Paty sous le titre *Poésies de l'arrière-saison* (1865) et de plus comme magistrat un volume : *La Philosophie de la Cour d'Assises* : il est mort le 6 février 1879.

(3) Boulay-Paty nous donne dans une lettre du 23 octobre 1829 ce curieux renseignement : « Lamartine avait un volume d'*Harmonies* à publier, il a voulu le vendre 60 mille francs, pas par intérêt, mais pour que l'Europe le sache. Il n'en a trouvé que trente ».

lations célestes ses poésies, s'il n'y avait pas mis son nom... Comme poète, c'est un colosse dont la tête se perd dans les nues ; ses chants sont les plus harmonieux, les plus touchants que je connaisse ; comme homme, c'est un noble modifié par l'époque, un royaliste constitutionnel ;... il a l'ambition des honneurs, mais Châteaubriand et Byron l'avaient bien. »

Boulay-Paty avait déjà raconté à son cousin, dans une longue lettre du 23 octobre 1829, ses soirées chez Victor Hugo qu'il regardait « comme le premier génie du siècle en poésie ». Il trouvait là « Paul Foucher, beau-frère d'Hugo, Mme Tastu, Mme de Belloc, Sainte-Beuve, Alfred de Vigny, Charles Nodier, Emile Deschamps, Alexandre Dumas, Soulié, Mérimée, Delanouë, rédacteur de *la Psyché*, qui avait le malheur d'être borgne, Caré, l'auteur des *Soirées de Neuilly*, Fouinet, Devéria et son beau-frère Boulanger, Roqueplan, David, le sculpteur, etc. » Hugo lisait « son nouveau drame (*Hernani*) fait en 26 jours pour vexer le ministère qui venait d'interdire *Marion Delorme* ». Boulay-Paty jugeait cette pièce inédite qui venait d'être « reçue par acclamations aux Français (1) », « d'un style admirable » et d'une « poésie pleine d'énergie et de pittoresque » ; il disait que c'était « du Corneille ressuscité ». « Ce drame excitait déjà des cabales pour et contre Hugo. »

Mais si Boulay Paty aimait à fréquenter les *Romantiques*, cela ne l'empêchait de vivre en bonne amitié avec les *Classiques* et en particulier avec leur chef, Casimir Delavigne, auquel « le succès immense de *Marino* avait donné de la santé », « pièce qui, d'après lui, aurait fait la réputation d'un jeune poète » mais « était au-dessous de celle de Delavigne ». Celui-ci l'entretenait dans une visite de *Louis XI*, « qui devait avoir une couleur plus gothique et qui plairait mieux ». Cette intimité ne l'empêchait pas de trouver mauvais que Delavigne « qui jusque-là n'avait attaqué personne ait, dans un discours en vers pour une représentation en l'honneur de Cor-

---

(1) Boulay-Paty nous apprend dans la même lettre qu'*Hernani* auquel il reproche « de méchants vers comiques et quelques invraisemblances de plan » devait être mis à l'étude après la représentation de l'*Othello* de Shakespeare traduit presque littéralement par de Vigny.

neille, insulté Hugo et Sainte-Beuve avec violence » ; il trouvait que le poète avait tort « car les *Romantiques* étaient très partisans de Corneille ». « Mon opinion, écrivait-il à son cousin, est que Delavigne a beaucoup d'esprit, de correction et de talent, mais peu d'invention et de chaleur, tandis que Hugo a beaucoup d'âme, de génie et de défauts ».

Il ne se contentait pas de visiter les chefs des *Romantiques* et des *Classiques*, il fréquentait aussi Paul Foucher qui lui lisait *Samblançay*, drame en deux actes où il a « parmi des bizarreries, des vers très beaux », Antony Deschamps qui faisait imprimer une traduction de l'*Hamlet* de Shakespeare ; il n'oubliait pas son ami de Rennes, Turquety, auquel Nodier « trouvait un mérite tout à fait remarquable et que l'on considérait comme l'émule de Sainte-Beuve pour ressusciter André Chénier (1) » ; il allait dîner avec la jeune nantaise Elisa Mercœur qui lui récitait sa tragédie des *Abencerages* tirée de Florian dont elle espérait « faire jouer à Mars le rôle de Zéraïde ».

Les hommes de lettres en prison n'étaient pas délaissés. Dans une lettre du 20 avril 1830, il raconte à son cousin une visite qu'il avait été faire à Sainte-Pélagie où se trouvaient incarcérés Barthélemy, Magalon et « Fontan qui venait de faire recevoir à l'Odéon *Jeanne la Folle* ou la *Bretagne au XIIIe siècle* » et « qui se plaisait beaucoup en prison » où « il travaillait. Il fit une promenade dans la cour avec ses trois amis. Barthélemy, tout en fumant plusieurs pipes, lui fit des compliments sur sa traduction de la ballade de Sedlitz (2), mais sa « maîtresse jeune et jolie blonde » étant arrivée, Barthélemy quitta son visiteur qui pensa « que l'amour allait idéaliser en palais la modeste chambrette » du prisonnier. La belle de Fontan était aussi dans la cellule de

---

(1) Sainte-Beuve paraît avoir passé pour l'héritier du talent d'André Chénier. Je lis dans la même lettre d'où sont extraites ces lignes : « La première fois que je suis allé cette année chez Hugo il m'a fait lire une pièce ; comme Sainte-Beuve était là, j'ai choisi une ode à André Chénier, où j'avais eu l'occasion d'en faire l'éloge. »

(2) Probablement la *Revue Nocturne* de Sedlitz ; une imitation de cette ballade termine l'*Ode à l'Arc de Triomphe de l'Etoile*, de Boulay-Paty.

celui-ci. « Je ne m'attendais pas, écrit Boulay-Paty à son cousin, à trouver un sérail à *Sainte-Pélagie* ». Il raconte encore dans la même lettre qu'il a été pour voir Béranger, mais il n'a pas été reçu. Lebreton qu'il a rencontré lui dit avoir aperçu le chansonnier avec une petite femme. « Serait ce Lisette ? » se demande Boulay-Paty piqué par la curiosité.

Puis il parle encore à son cousin de Hugo et de sa *Notre-Dame de Paris* que les libraires le pressent d'achever et dont l'auteur lui a lu plusieurs passages en tête-à-tête dans une visite qu'il lui fit le soir du 3 janvier 1830, puis d'*Hernani* pour la représentation duquel Hugo lui a donné un billet de parterre ou d'orchestre. tout entier écrit de sa main, sauf le mot *Hierro*; car, lorsqu'il n'allait pas faire visite aux écrivains célèbres, Boulay-Paty passait ses soirées dans les divers théâtres de la Capitale. Je trouve dans sa très longue lettre du 29 octobre 1829 qui donne tant de détails sur les premiers temps de son séjour à Paris, une appréciation détaillée et fort curieuse des principaux acteurs et des principaux théâtres parisiens depuis la *Comédie française* « toujours la première pour la Comédie, mais où on joue horriblement mal la tragédie », jusqu'à l'*Ambigu* qui allait devenir le meilleur théâtre de Paris pour la tragédie avec Mlle Charton, Beauvallet et Frédérick » sur le point « de quitter la *Porte Saint-Martin*. » « La tragédie, écrivait-il, ne peut être jouée maintenant qu'aux théâtres des Boulevards, à la *Porte Saint-Martin* ou à l'*Ambigu*. Delavigne l'a bien senti et s'en est bien trouvé. Hugo eût fait jouer là sa pièce (*Hernani*) s'il n'avait pas voulu chasser les classiques de chez eux. »

Passant de la tragédie et de la comédie imaginaires à la tragédie et à la comédie vécues, il entretient son cousin de la Révolution de 1830, de la part active qu'il y a prise, de la mort de « son ami Papu de Rennes enterré sous la colonnade du Louvre et qu'il a chanté dans ses *Odes nouvelles*, et de l'avènement au trône du duc d'Orléans qui. d'après lui, devait être « au fond un véritable président de la République. etc. » ; — puis des meneurs du peuple qui loin des honneurs lui avaient paru si désintéressés, si brûlants pour le bien public; « les uns dit-il, se taisent, ils ont la bouche pleine ; les autres tendent la main et plient le dos dans les antichambres ministérielles ».

Cette vie studieuse et mouvémentée ne l'empêchait pas de songer à son pays natal : » Une saison à Paris et les autres dans l'isolement des champs, voilà la terrestre félicité, écrivait-il le 30 avril 1830 à son cousin... Malgré l'ivresse que j'éprouve continuellement à Paris dans la société de nos écrivains, de nos orateurs fameux, malgré le contentement que j'ai d'être attaché à la maison d'Or-léans où les idées restent libres et généreuses, malgré mes espérances d'un nom dans ces jours de renouveau, je rêve aux sables de Donges, au tilleul de notre jardin, à la grande allée de la Simonais et je ne puis m'empêcher de regretter les paisibles heures qu'on y passe et de te dire heureux, trois fois heureux. » C'est cette même idée qu'il a exprimée plus tard dans ce sonnet dédié à son oncle l'amiral Halgan, après avoir connu les ivresses d'une heure de gloire et les désenchantements de la vie.

Aux bords frais de la Loire, il est un grand village
Où ma triste existence eut son riant matin,
Où je croissais joyeux, ignorant le destin,
Et sautant sur le sable, enfant vif et volage.

Quel plaisir quand ma sœur, au soir de ce bel âge,
Me faisait écouter les sons du cor lointain,
Voir la lune traçant d'un rayon incertain
Un chemin argenté de l'une à l'autre plage !

Et maintenant bien loin du fleuve où court le vent,
Dans ce Paris fatal, je me dis bien souvent,
Regrettant ma patrie et maudissant la gloire :

« Sur les flots argentés la lune brille encor,
Dans les soirs on entend toujours le son du cor,
Devant le grand village aux bords frais de la Loire.

C'est dans le cimetière de Donges, ce village tant regretté, qu'il repose aujourd'hui à côté des siens, après avoir passé la plus grande partie de son existence à Paris où il est mort le 7 juin 1864. *Requiescat in pace !*

Samedi 12 décembre 1829.

J'ai été présenté au Duc d'Orléans par Dupin aîné et Casimir Delavigne, à peu près un quart moins de trois heures. C'était dans une salle de tableaux. Le Prince m'a accueilli de la manière la plus affable; il était devant nous; j'étais à la droite de Casimir et Casimir était à la droite de Dupin. Dupin lui a parlé de la réputation de papa et lui a dit que je promettais de soutenir son nom. Le Prince a répondu avec grâce, il m'a demandé mon âge et a paru étonné quand je lui ai dit que, depuis cinq ans, j'étais avocat. J'ai ajouté que ma faible santé me rendait maintenant la plaidoirie très pénible. Il m'a répondu : ah oui, vous avez la poitrine délicate, on me l'a dit, etc., etc., etc. Je lui ai remis les lettres de recommandation de Toullier, Carré et Kératry. Le Duc m'a montré un air marqué de bienveillance. Je suis glorieux d'avoir été présenté par Dupin et Delavigne et d'avoir entendu mon éloge sortir de la bouche de deux si beaux talents.

Casimir, quelques instants avant l'arrivée de Dupin au palais, avait causé seul avec le Prince de moi, et lui avait dit qu'ils allaient me présenter à lui, que j'étais un jeune poète distingué auquel il s'intéressait beaucoup. Et le Prince avait répondu, en souriant : « Un poète! un confrère : nous verrons... Nous tâcherons de faire quelque chose pour lui. »

Dupin est resté au Conseil. Je suis sorti avec Casimir.

Samedi 24 avril 1830.

Il est midi et demi, je sors de chez le général Lafayette. Rien ne peut égaler ma joie! Je lui avais envoyé un poème sur lui, il m'avait envoyé son domestique ce matin m'apporter une lettre. J'y suis allé vers midi, un peu avant. Il était seul, il m'a serré la main en entrant. Nous avons causé d'abord de mes vers, qu'il a trouvés très bien et dont il m'a fait les plus touchants remerciements, ensuite de politique. Je l'ai prié d'écrire quelque chose sur un album dont, lui ai-je dit, je voulais faire cadeau à

Papa. Il a pris aussitôt la plume et, à la page que je lui désignais, il a écrit sans réfléchir un seul instant et de cœur deux lignes :

« *Vivement touché des sentiments que le père veut bien me conserver et dont le fils a hérité, je prie ces deux excellents patriotes de recevoir ici l'expression de la reconnaissance et de l'attachement de leur vieil ami.*

LAFAYETTE. »

Je l'ai remercié et lui ai serré la main, alors il m'a tendu les deux joues pour m'embrasser. Je l'ai embrassé avec ivresse. Je lui ai dit que j'avais le cœur plein d'une voix profondément émue et je suis sorti. Il était midi vingt minutes lorsque je l'ai embrassé, je ne l'oublierai jamais. Quel bonheur ! quelle candeur ! quelle noblesse ! quelle simplicité ! Jamais baiser de femme n'a fait battre mon cœur avec plus de violence, de douceur. Je suis sorti fou de bonheur et regardant tout le monde comme au-dessous de moi. Je me croyais grandi.

Vendredi 14 mai 1830.

Je connais Lamartine. O bonheur !... Hier soir je lui écrivis, en lui envoyant mon *Charme* et ma *Chute des Empires*, et je lui témoignais le désir de le connaître. Ce matin il m'a envoyé quelques lignes charmantes pour me remercier, dit-il, de mes *beaux* vers et m'engager à l'aller voir. J'y suis allé à 7 heures 1/2 passé, j'y suis resté jusqu'à 8 heures 1/4. Aug. Soulié était là. On a causé poésie. Lamartine m'a dit que mes vers étaient bien beaux, grands et élevés ; il est revenu plusieurs fois à me féliciter. En entrant, il m'avait dit qu'il désirait beaucoup me connaître, que Sainte-Beuve lui avait parlé de moi. Il m'a demandé si je travaillais pour le théâtre, après m'avoir parlé de Dumas, à qui il trouve beaucoup de talent et de chaleur ; je lui ai dit que oui et je lui ai nommé *Le Corsaire*. Il m'a félicité du sujet, qu'il trouve éminemment dramatique, et m'a dit que les vers qu'il avait vus de moi l'affirmaient qu'il y aurait là une belle poésie. Mais il m'a dit qu'il me croyait, d'après eux, fait

pour le genre lyrique ; je lui ai répondu que je préparais
un volume. Il m'a fait des compliments bien flatteurs.
Il aime le talent de Polonius et m'a dit que Jules Lefèvre est trop constamment beau.

Sa femme était là, et son enfant, jolie petite fille de
huit ans, qui montait sur ses genoux. Il a joué avec sa
levrette qui y sautait aussi, et il l'embrassait souvent.
Il est rempli de simplicité, de bonté. Il ravit par ses manières franches et naturelles. Soulié était là, qui est du
Comité de lecture de l'Odéon, et qui m'a bien dit qu'il
voulait assister à ma lecture. Mme Lamartine trouvait
aussi le sujet du *Corsaire* magnifique. Lamartine dit que
c'était lui qui avait fait faire les premiers vers à Polonius, qui était à Londres attaché à l'ambassade de Russie. Lamartine dit que, sur ses *Harmonies,* la moitié n'é-
taient pas dignes d'être imprimées. Je note ce fait parce
que ces mots étaient dits avec une simplicité qui annonce
combien il est loin d'avoir de la morgue. Enfin, en sortant il m'a dit qu'il aurait bien du plaisir à me revoir. Je
m'en suis revenu avec Soulié, qui est venu passer une
heure chez moi. Il m'a dit que Eugène Hugo avait tellement aimé Mme Victor Hugo que, deux ou trois jours
après le mariage de son frère, il était devenu fou. C'était
un jeune homme qui annonçait le plus beau talent. Fou
par sève de chasteté ! ô Charenton ! Soulié m'a dit qu'il
cherchait partout un éditeur à Ant. Sigoyer, qu'il ne
pouvait en trouver. Il m'a récité sa *Feuille morte* et ses
Vers à la Lune. L'une imitée de Roberts et l'autre de
Charlotte Smith. C'est bien joli. — Douce, ô douce poésie ! avoir approché, vu, entendu Lamartine : ô cœur de
poète, réjouis-toi !

Il trouve aussi que Mme Valmore est plus poète que
Mme Tastu ; cependant il fait cas de cette dernière.

Soulié m'a dit : Cultivez Lamartine, c'est une bien
excellente connaissance, il parviendra à tout, il est bon,
et heureux ceux qu'il protégera. Lorsqu'on vous a an-
noncé, il a répondu de suite avec empressement : « Ah !
M. Boulay-Paty ! faites entrer ».

Lundi 17 mai 1830.

J'ai vu ce soir Miss Smithson dans l'*Auberge d'Auray*. Elle est sublime! Rien de pareil! C'est la nature! la passion, le désespoir vivant!... Il est bien malheureux qu'elle soit encadrée dans une pièce si exécrable. Les yeux fixes, la peau blémissante, le doigt tendu, elle tombait roide à terre. Il fallait que la douleur bien sentie l'eût mise dans cet état extatique où le corps est comme magnétisé. Elle est admirable, j'ai pleuré tout le temps. Je n'avais jamais éprouvé tant d'émotion.

Lundi 24 mai 1830.

J'avais rêvé cette nuit que je me trouvais dans la campagne, près de Rennes, Léocadie revenant des champs avec sa bonne et ses enfants ; je l'attendais, ils ont été dans un petit chemin de côté. Elle est restée seule. Je me suis précipité, elle m'a tendu la main, et en la lui serrant, je lui ai demandé si elle m'aimait toujours ; elle m'a répondu : « Oui, je t'aime toujours. » Nous nous sommes donnés un baiser froid comme glace. Elle était tête nue, la figure était triste, ennuyée et pâle.

Cette nuit j'avais rêvé auparavant qu'on jouait à l'Odéon les deux premiers actes de notre *Corsaire*. C'était sifflé à outrance ; je souffrais le martyre.

Samedi 29 mai 1830.

Vraiment la vie a de doux moments ! Je viens de chez Lamartine. Je viens de l'entendre lire une de ses *Harmonies* qu'il a faite avant-hier ; c'est un souvenir de l'Italie, intitulé *Premier amour*. Au bord du golfe de Sorrente... un tombeau d'une jeune fille de seize ans... une pierre indifférente

Aux pas distraits de l'étranger.

Ce souvenir lui revient toujours. Pourtant

Je veux rêver et non pleurer,

dit-il, mais l'idée de la jeune fille le domine, le maîtrise. Il la repousse en vain, elle arrive toujours à son cœur et le fait tristement vibrer comme des doigts mélancoliques sur le piano. Comme le cygne s'enveloppe le cou de son aile et s'endort, elle s'enveloppa de son muet désespoir. Et son âme auparavant qui se troubla quand l'amour partit, comme l'eau quand le cygne qui l'animait prend son vol et le triste souvenir qui reste enraciné dans le cœur sans lui donner d'ombrage, comme l'arbre dans le rocher, dont la poudre blanchit le feuillage et que rongent les chevreaux.

Et cet admirable vers :

Et le rapide oubli, second linceul des morts.

O admirable ! admirable !... Il lisait debout, appuyé le dos contre la boiserie au coin de la cheminée qui est au Midi le pied gauche sur un fauteuil, il récitait d'une voix profonde et sourde où tout son cœur vibrait, et en cadençant les vers, mais presque pas. J'ai causé après avec sa femme de la beauté de cette *harmonie*. Elle en pleurait. C'est une femme bien remarquable ! Elle était heureuse ! et moi aussi. Il avait déjà commencé à lire cette pièce, mais il était venu du monde, et il s'était interrompu. On avait causé de théâtre. Lamartine trouve comme moi que Mlle Mars n'est qu'art ! Il a trouvé le théâtre bien mauvais. il y avait 15 ans qu'il n'y était allé à Paris. Quand il travaille, il fait son plan de pièce d'abord, et puis sur un calepin avec son crayon il écrit à mesure qu'il fait les vers ; il a trop peu de mémoire pour se les rappeler. Quelques jours il va pour les corriger, mais il est refroidi sur son travail, il le trouve mal, et il le laisse là. Il pense que le peu de succès qu'eût *sa mort de Socrate* vient de ce qu'on l'avait intitulé *poëme* au lieu de *fragment*.

En entrant il m'a dit : Il y avait bien longtemps que nous ne vous avions vu.

En sortant je lui ai parlé pour Leroux, je lui ai donné à lire la lettre de M. Carré, il m'a promis de parler à M. Guernon de Ranville, il m'a prié de lui faire pour demain une petite note détaillée là-dessus.

DIX LETTRES
D'EVARISTE BOULAY-PATY

DIX LETTRES

D'ÉVARISTE BOULAY-PATY

Les dix lettres suivantes ont été adressées de 1828 à 1831 par le poète Evariste Boulay-Paty à son cousin le poète Eugène Lambert. La première ne porte point de date, et le timbre de la poste qui aurait pu fournir une indication est illisible; mais tout fait présumer qu'elle a été écrite en 1828 au plus tard : Boulay-Paty y critique en effet le *Cromwel* de Victor Hugo, publié en 1827, le *Mariage d'argent* de Scribe, publié cette même année, et la *Princesse Aurélie*, de Casimir Delavigne, représentée en 1828.

Ces dix lettres, renferment de curieux renseignements sur la querelle des classiques et des romantiques, et d'intéressantes critiques de leurs ouvrages au moment même de leur apparition ; elles donnent de piquants détails sur les hommes les plus marquants de la littérature et de la politique avec lesquels Boulay-Paty, à titre d'homme de lettres et de bibliothécaire de la Maison d'Orléans, s'est trouvé en rapports journaliers.

PREMIÈRE LETTRE

MON CHER EUGÈNE,

Le *Cromwell* de Victor Hugo est l'œuvre d'un grand talent, égaré par l'esprit de système. C'est un arbre, fort de sève, sur lequel on a greffé des fruits de mauvaises espèces. Hugo veut être original à toute force, il veut faire école, et pour arriver au but il lui faut une route nouvelle, fût-elle celle du bizarre. Je ne l'approuve point et je pense que lui et nous perdrons beaucoup à sa manière, des beautés qu'il pourrait nous offrir. Sa préface est réellement admirable de style, et, sauf quelques endroits, pitoyable de pensées. C'est un morceau achevé comme peinture, mais le sujet en est faux et le vernis brillant qui est jeté ne peut cacher les défauts de la toile. Celui qui écrit si magnifiquement sur des rêves de son imagination, que ne serait-il pas capable de faire si la raison conduisait sa plume! Bien peu de nos écrivains ont cette vigueur de création, ce brillant d'images, cette force et cette fraîcheur de coloris qu'Hugo déploie dans ces pages que je regarde comme les plus remarquables en littérature qui aient paru depuis longtemps.

Il a beau dire, on voit bien que sa préface a été faite pour soutenir sa tragédie, et comme appui, quoique sculptée avec art et travaillée avec génie, elle n'est point d'une matière assez forte, assez bonne, pour servir de base et d'échafaudage au géant lourd et pesamment construit qu'on veut lui faire supporter. Ce n'est pas qu'on ne trouve dans *Cromwell* des passages d'une beauté remarquable, mais l'ensemble n'a ni vérité, ni grâce. Tout y est sacrifié à des détails puérils, et ce n'est pas ainsi qu'on développe un grand caractère. Le grotesque ne fera jamais ressortir le sublime, et toujours exclura le pathétique : je ne pourrai jamais, en venant d'entendre un lazzi, me sentir profondément ému par les accents de la muse tragique ; et cette confusion amènera un dégoût qui ternira mon âme, comme un souffle en couvrant une glace empêche les objets de s'y réfléchir. Je ne dis pas qu'un caractère gai doive être exclu de la tragédie historique, mais il faut que l'histoire le rattache nécessairement au drame. Par exemple *Rochester*, qui ne devait pas être introduit dans le *Cromwell* d'Hugo, puisqu'à l'époque de l'action il n'avait que 4 ou 5 ans, pouvait très bien paraître auprès de Charles II, et si ce dernier monarque eût fourni sujet à une tragédie, je n'en aurais point exclu *Rochester*, j'aurais voulu l'y retrouver avec son caractère léger, galant et frivole ; mais je n'aurais pas voulu le voir, en allant à la mort, envoyer des baisers à la fille de celui qui l'y envoie, c'est hors de la nature, ni s'exprimer comme un Philibert. Il y a des scènes exprimées vigoureusement dans *Cromwell*, mais peu ou point de situations éminemment tragiques. Cromwell est pris du mauvais côté, et je crois qu'Hugo n'a fait que différentes *silhouettes passionnées* de ce protecteur qu'il annonçait devoir présenter de face et dans toutes les attitudes qui devaient le faire ressortir davantage, ensuite jamais une affectation de science ne conviendra à l'action dramatique représentée devant la foule : elle nuira toujours à l'intérêt et à l'émotion, c'est pour cela que le langage des puritains est outré et fatigant ; on pouvait y donner une teinte mystique sans la porter à ce point-là. Ces *fous* sont des imbéciles, avec leur prétention à l'esprit. Le mariage de Rochester avec dame Guggligoy est du dernier mauvais. La position de Cromwell en sentinelle à la poterne est absurde. Son désistement de la couronne, à la fin, est mal amené et nullement expliqué : tout fourmille d'invraisemblance, Francis pouvait-elle ignorer que son père eût été contre le feu roi ? Milton pouvait-il tenir le langage qu'on lui prête d'abord ? etc., etc., etc. Mais en voilà assez sur cet ouvrage, qui, pour être rempli de défauts, n'en est pas moins l'œuvre d'un jeune homme de génie dont les conceptions domineront bientôt notre littérature.

Je n'ai point lu *Blanche d'Aquitaine*. *Le dernier jour de Tibère*, d'Arnault fils, renferme quelques situations qui doivent faire un grand effet au théâtre : elles sont magiques. Lorsque Tibère et son ministre Macron examinent les affaires de l'État et jugent les hommes à proscrire. Macron dit :

Crémutius.....

TIBÈRE

Eh bien ! docte, sage, pieux,
Il n'a de passion que l'étude et les dieux.

MACRON

Je l'accuse.

TIBÈRE

Jamais je n'hésite à te croire.
Qu'a-t-il fait cependant ?

MACRON

Prince, il écrit l'*histoire*.

Je trouve cet hémistiche sublime. Quel beau moment que celui où Tibère, cru mort, reparaît dans le Sénat qui brise ses statues et le maudit ! Je n'en connais pas de plus à effet, et la fin, lorsque Tibère nomme Caligula son successeur, après l'avoir chargé de fers et couvert de honte !... Ces situations seules assurent un succès de vogue à une pièce. Mais après, le style est obscur, sans entraînement, le dialogue est mal coupé ! L'exposition est embrouillée, mal rendue, le caractère de Caligula dans l'ombre, celui de Chariclès faux. Point de chaleur ni de grâce et le sujet est antihistorique. Cependant Tibère tient une place assez grande dans l'histoire pour qu'on dût respecter le lieu et la manière de sa mort. Cette tragédie ne restera pas, à cause de ces défauts capitaux. C'est dommage que les idées premières n'aient pas été mieux encadrées.

Je n'ai pu encore me procurer la *Princesse Aurélie*, il paraît que Lavigne y est bien au-dessous de lui ; cela me fait de la peine. D'après les analyses que j'en ai vues, l'intrigue est bien mauvaise. Je ne conçois pas qu'il ait traité ce sujet et de cette manière. C'est un grand échec pour lui. Les journaux s'accordent, et cependant avec tous les égards possibles, à dire qu'*Aurélie* est une pièce fastidieuse : le caractère de ses trois ministres rappelle la bêtise du père du paria. Cependant c'était un souvenir pour lui. Espérons qu'il se relèvera.

Le Mariage d'argent de Scribe est un vaudeville en 5 actes. Le premier est pétillant d'esprit, mais les quatre autres sont lâches et seulement esquissés. Ce n'est point une comédie de caractère, et pour une comédie d'intrigue il n'y en a pas assez. Ça suffirait à peine à un acte de vaudeville. Il n'a pas sur sa palette de couleurs pour la haute comédie.

On nous annonce le *Guillaume Tell* de Pichat dont la mort m'a vivement affecté. J'ai entendu à Paris plusieurs passages de cette tragédie, ils m'ont semblé d'une poésie animée et pittoresque : je désire qu'elle obtienne du succès aux *Français*. Ce sera un hommage à la mémoire d'un poète qui promettait beaucoup.

Maman est toujours souffrante depuis le commencement de l'hiver. Papa et ma sœur ne sont pas très bien non plus ; moi j'ai eu la fièvre, c'est ce qui m'a empêché de te répondre plus tôt. Ecris-moi, mon cher Eugène, et crois au plaisir que j'ai à te lire.

Signé : Evariste

P. S. Je t'envoie un exemplaire d'une Ode que je viens de faire paraître sur la mort héroïque de notre compatriote, l'intrépide enseigne de vaisseau Bisson. Je désire que tu la trouves bien ; donne-moi ton avis. Dis mille amitiés respectueuses de ma part à ta mère et à ma tante Pelletier, à Sophie, et à Cottineau ; embrasse pour moi ta femme Athénaïs et le petit Eugène.

DEUXIÈME LETTRE

Paris, 23 octobre 1829.

J'ai tardé bien longtemps à te répondre, mon cher Eugène, mais tu dois penser que depuis mon arrivée à Paris, j'ai eu bien des visites à faire, et à peine, ici, en fait-on deux ou trois par jour, tant les distances sont grandes. Tu attends sans doute avec beaucoup d'impatience des détails sur tout ce que j'ai vu de vraiment curieux dans la capitale; aussi vais-je entrer de suite en matière. Je sais ce que les beaux-

arts ont d'attrayant pour ton cœur fait pour les sentir. Je te
parlerai d'abord de celui que je regarde comme le premier
génie du siècle en poésie, d'Hugo. J'ai eu le bonheur de me
lier avec lui davantage que je ne l'étais autrefois, et j'y vais
souvent passer la soirée. Je connais aussi beaucoup son
beau-frère, *Paul Foucher*, qui est un jeune poète de talent original. Tous les soirs indistinctement je suis invité d'aller
chez Hugo : il y a toujours des gens de lettres de la nouvelle école ou des artistes à s'y réunir, et là, s'il n'y est pas,
sa femme reçoit, elle ne sort presque jamais. C'est une société d'amis où l'on est sans étiquette, et où l'on chante à
cœur ouvert ; je vais te nommer à peu près ceux qui forment
cette société : c'est *M*me *Tastu*, *M*me *Belloc*, *Sainte-Beuve*, qui a
fait paraître de délicieuses poésies sous le nom de Joseph
Delorme, je suis lié avec lui, *Alfred de Vigny*, *Charles Nodier*,
Emile Deschamps, *Alexandre Dumas*, *Soulié*, *Mérimée*, *Delanoue*,
rédacteur de la *Psyché*, jeune poète remarquable, il a le
malheur d'être borgne, je suis lié avec lui, *Cavé*, l'auteur
des *Soirées de Neuilly*, *Fontnet*, *Dévéria*, son frère, *Boulanger*,
peintre aussi distingué que les Dévéria, *Roqueplan*, *David*
le sculpteur, etc., etc. Je ne puis me rappeler tous ceux qui
y vont dans ce moment, mais je t'assure que c'est une douce
jouissance de se trouver au milieu de tous ces beaux talents.
La première fois que je suis allé cette année chez Hugo, il
m'a fait lire une pièce ; comme *Sainte-Beuve* était là, j'ai
choisi une ode à *André Chénier* où j'avais eu occasion d'en
faire l'éloge. Ces messieurs ont eu l'indulgence de m'adresser
des éloges flatteurs ; lorsque tu la liras, je désire que tu sois
de leur avis. *Hugo*, il y a trois semaines, devant la société
accoutumée augmentée de plusieurs grandes notabilités de
l'époque, nous lut son nouveau drame en cinq actes et en
vers, fait dans 26 jours, pour vexer le ministère qui venait
d'empêcher *Marion Delorme*. Ce drame est intitulé : *Hernani*.
Il y a quatre personnages : *Don Carlos*, roi d'Espagne, qui
devient *Charlequint* pendant la pièce, *Don Rui de Sylva*, grand
d'Espagne, vieillard, *Hernani*, chef de brigands, tous trois
amoureux de *Dognassol*, jeune Espagnole. Je ne te donnerai
point l'analyse de la pièce, parce que je veux te laisser l'intérêt tout neuf pour quand tu la liras. Je te dirai seulement
que le style est admirable, que beaucoup de vers sont brisés
suivant notre nouveau système, que c'est une poésie pleine
d'énergie et de pittoresque, du Corneille ressuscité. Il n'y a
que peu de vers comiques, ce ne sont pas les meilleurs ; on
pourra aussi reprocher au plan quelques invraisemblances,
mais qu'est-ce que cela devant une œuvre si vivante, devant
une poésie si animée. Je me rappelle ces deux vers : quand
le vieillard trouve chez la nièce, qui est sa fiancée, le roi et
le brigand, qu'il ne connaît pas, il les prend pour de jeunes

seigneurs qui viennent la séduire, et il dit en parlant des jeunes nobles que si le *Cid* vivait, il aurait.

> Souffleté leur blason du plat de son épée.

Et puis en leur proposant le combat :

> Sinon le bras, j'ai l'âme !
> Aux rouilles du fourreau ne jugez point la lame.

Les scènes que j'aime le mieux sont celles du troisième acte où *Don Rui*, devant les tableaux de ses aïeux, raconte au roi leurs hauts faits les uns après les autres, pour en venir à lui refuser de livrer le brigand qui est devenu son hôte : celles du 4ᵉ acte où don Carlos attend sur le tombeau de Charlemage s'il sera élu empereur : et celles du 5ᵉ acte où les deux jeunes époux se rendent à la chambre nuptiale. Pas de scène au théâtre où la poésie soit si suave. si empreinte de charme ! Cette belle nuit qu'ils s'arrêtent à contempler y jette sa couleur, pas de scène plus ravissante. et qui finisse d'une manière plus terrible ! Oh ! que le son du cor traverse l'âme !... Ce drame a été reçu par acclamations *aux Français*, et il sera joué dans décembre. On va le mettre à l'étude sitôt après la représentation qui a lieu après-demain de l'*Othello* de *Shakespeare*, traduit littéralement presque par *Alfred de Vigny*, et en vers brisés comme nous en voulons maintenant au théâtre. Il y aura grandes et énergiques cabales pour et contre Hugo, car les classiques pensent qu'Hugo veut les chasser de leur sanctuaire en abordant *les Français*, et ils n'ont pas tort. Ce soir-là décidera une grande question, et la lutte sera chaude. Passons maintenant au chef de l'autre parti. J'ai vu *Casimir de Lavigne*, il m'a reçu le plus amicalement du monde, et nous avons causé longtemps. J'y suis retourné plusieurs fois, maintenant il est à la campagne, et ne reviendra qu'après la Toussaint. Il est bien portant maintenant ; le succès immense de *Marino* lui a donné de la santé, on voit cela. Il m'a parlé de son *Louis XI* qu'il travaille toujours, et qui, m'a-t-il dit, aurait une couleur plus gothique qui me plairait mieux. Il a fait un discours en vers à Corneille pour la représentation donnée à Rouen en son honneur. Cette épître imprimée lui a fait un peu tort parmi les modérés, parce que lui, qui jusqu'ici n'avait attaqué personne, insulte Hugo et Sainte-Beuve avec violence, et a tort surtout là, puisque les romantiques sont très partisans de Corneille. Les vers n'en valent pas grand'chose et sont communs. Pourquoi en parlant de *Sainte-Beuve* dit-il : *Et de Ronsard éteint rallume le flambeau*. L'ironie gâte totalement ce beau vers de Racine, *Et de David éteint rallume le flambeau*. Je ne conçois pas qu'il ait pillé ce vers si mal à propos. *La-*

vigne l'autre jour me donna des billets d'auteur pour *Marino*.
J'en donnai à quelques amis, et j'y allai avec eux. Mon opinion était déjà faite sur cette pièce par sa lecture. Je la
trouvais sans intérêt, sans style, et sans caractères bien
suivis, excepté ceux des deux jeunes gens. La scène de leur
défi est une des plus belles que je connaisse comme idées et
comme style. Mais comme le caractère du doge est faux, et
celui d'Israël invraisemblable ! La pièce fourmille de défauts
de vérité. Le *doge* n'a dû conspirer dans l'histoire que parce
que déjà les nobles depuis longtemps se mettaient au-dessus
de son autorité, et l'insulte de Sténo à Héléna a fait éclater
son courroux ; mais doit-il ainsi se livrer à un conjuré qui
lui avoue tout sottement, doit-il ensuite, sur la place Saint-
Marc, les injurier, et puis leur montrer tant d'hésitation ?
Israël et lui peuvent-ils jouer aux échecs ensemble ; com-
ment ne se débarrasse-t-il pas de Bertram ? Est-il naturel
qu'Israël torturé fasse le plaignant longtemps ? Non. Il y a
de beaux vers, de belles tirades, mais malheureusement à
faux souvent, comme ce passage entraînant sur l'amour de
la patrie, mais qui est niais dans la bouche d'un amant qui
revoit celle qu'il aime ; comme celui, très beau encore, où le
doge se rappelle les combats qu'il a eu la gloire de soutenir
avec ses amis anciens, tandis que les conjurés sont là les
bras croisés à attendre, le moment est pressant. Voilà ce qui
dépare cet ouvrage, remarquable pourtant sous quelques
rapports. Et puis Lavigne a voulu prendre le genre romantique du style simple, et ce n'est pas là du tout lui. Aussi
aimé-je beaucoup mieux l'*Ecole des vieillards* et le *Paria*. La
poésie au moins y est belle d'éclat. La scène de l'interroga-
toire aussi est trop chargée, on doit voir de suite que Marino
veut empêcher de parler Bertram. Je pense que cette pièce
ferait une grande réputation à un jeune poète, mais je la
crois au-dessous de celle de *Lavigne*. Il fait aussi paraître dans
la *Revue de Paris* des ballades qui ne sont pas très bonnes.
Je ne sais pas pourquoi il sort de son genre. En résumé, mon
opinion sur les deux poètes dont je viens de te parler est que
Lavigne a beaucoup d'esprit, de correction et de talent, mais
peu de création et de chaleur, tandis qu'Hugo a beaucoup
d'âme, de génie et de défauts. Paul Foucher m'a lu deux actes
de *Samblançay*, drame en vers, où il y a parmi des bizarreries
des vers très beaux : Marie, jeune fille très religieuse, pleure
son crime et dit :

> Que devenir la nuit où le monde mourra,
> En réveillant les morts lorsque l'ange fendra
> Du bruit de sa trompette immense et solennelle
> La pierre des tombeaux comme une vitre frêle,
> Quand le juge suprême ayant au sein de l'air

Les astres pour couronne, et pour sceptre l'éclair,
Et l'infini pour dais et pour trône la nue,
Sur le gouffre sans fond tiendra mon âme nue ?

Je dînais l'autre jour avec Elisa Mercœur, elle me récita
la moitié du 4ᵉ acte de la tragédie des *Abencerrages*, tirée de
Florian. Elle m'avait déjà dit les trois premiers, le troisième
est très bien ; dans les autres il y a beaucoup à corriger ;
après l'avoir revue toute, elle doit la lire *aux Français* ; et si
elle a un succès, comme je l'espère, il sera colossal, car c'est
le 1ᵉʳ exemple de pareille chose. Elle travaille jour et nuit.
Voilà trois vers que j'ai retenus ; c'est le vieil *Ali*, chef des
Zégris, qui avoue son amour à *Zoraïde* :

Ce sont nos passions qui font notre jeunesse !
Si des miennes enfin j'ai conservé l'ivresse.
Mon cœur est jeune encore, et mon front seul est vieux !

Elle espère faire jouer à *Mars* le rôle de *Zoraïde*. C'est elle
qui jouera *Dognassol* dans le drame d'Hugo ; *Michelot, don
Carlos* ; *Firmin, Hernani*, et *Joanny, Don Rui de Sylva*. *Antoni
Deschamps*, le frère d'*Emile*, m'a dit qu'il faisait imprimer une
traduction en vers de *Dante*, et *Cordellier Delanoue* m'en a
fait l'éloge. L'autre soir *Wailli* lisait chez Emile Deschamps
une traduction en vers de l'*Hamlet* de *Shakespeare*. *Dubois* du
Golbe m'a dit que c'était très bien. *Lamartine* va probablement entrer à l'Académie ; il surpasse tous ses rivaux de la
moitié du corps, il avait un volume d'*Harmonies poétiques* à
publier, mais il a voulu les vendre 60 mille francs pas par
intérêt, mais pour que l'*Europe* le sache : il n'en a trouvé
que trente. Turquety, avec lequel j'étais ami à Rennes, vient
de publier un volume d'élégies où il y a beaucoup de talent :
ses vers ont une harmonie sans égale, et dans quelques
pièces, telles que *la Jeune fille, Souvenir d'enfance, Fragment, le
Silence, le Réveil*, il est le digne émule de Sainte-Beuve pour
ressusciter André Chénier. Je te conseille de l'acheter. On ne
peut lui reprocher que de la monotonie et souvent des plans
sans aucune suite. Charles Nodier en fait le plus grand cas ;
je ne sais si l'amitié m'abuse, mais je trouve aussi moi un
mérite tout à fait remarquable dans ce petit volume. Voilà,
mon ami, en fait d'auteurs et de publications nouvelles, tout
ce que je sais, ou peu s'en faut. Venons-en aux théâtres et
aux auteurs. Le *Théâtre-Français* est toujours le premier pour
la comédie. *Mars* est ravissante, et les autres la soutiennent
dignement par un ensemble qui enlève. Mais la tragédie y
est jouée horriblement mal. Lafond est pitoyable. David
passable, mais guindé, Firmin sans nulle dignité et sautil-
lant toujours. Joanni seul a un vrai talent, mais il est forcené

et commun. Mme Paradol, très belle actrice, crie à faux, Mme Valmousey manque de moyens. A l'*Odéon* la comédie n'est pas très bonne, il n'y a que Mme Moreau-Sainti et Mme Astruc, Duparai, Ferville et Lokroy, mais ces trois-ci encore assez faibles, autant que j'ai pu en juger le peu de fois que je les ai vus. La tragédie est mieux, grâce à Mlle George qui s'essaie à ne plus déclamer, elle est admirable encore de beauté. Ligier aussi est assez bon, mais il crie et déclame toujours. Mlle George n'est bonne que par moments, elle a le hoquet et est parfois monotone. Elle soutient l'*Odéon* où il y a foule à présent : la salle est magnifique. Je ne suis pas encore allé aux *Italiens*, ni au *Grand-Opéra*, ni à l'*Opéra-Comique*. J'aime mieux le haut genre français.

La tragédie ne peut être jouée maintenant qu'aux théâtres des boulevards, c'est-à-dire à la *Porte-Saint-Martin* ou à l'*Ambigu*. Lavigne l'a bien senti et s'en est bien trouvé. Hugo eût fait jouer sa pièce là aussi, s'il n'avait pas voulu chasser les classiques de chez eux. A la *Porte-Saint-Martin*, Frédérick est un acteur parfait et Mme Dorval joue admirablement, Gobert aussi. A l'*Ambigu-Comique*, Mlle Charton est excellente, et Beauvalet est un acteur consommé, c'est le seul capable de remplacer Talma. Il est admirable, et puis c'est un homme de cœur et de goût, il a fait plusieurs tragédies qu'il a en portefeuille. *Caïn* qu'il a joué à l'*Ambigu* était de lui. Dans *Paul Morin*, l'enragé, il est effrayant, il a un organe magnifique, et une figure tragique au possible. L'*Ambigu* va être le meilleur théâtre de Paris, parce que Frédérick quitte la *Porte-Saint-Martin* pour y aller. J'ai connu Beauvalet et je le vois souvent, il m'a lu une de ses tragédies, il y a du bien. Il va partir pour faire une tournée dans le Midi. Mme Albert aux *Nouveautés* est bien bonne dans le rôle d'une enragée Isaure. C'est une femme qui est pleine de sentiments, je l'aime beaucoup. J'ai vu Perlet, il est toujours excellent acteur, mais un peu froid, c'est absolument un comique anglais. La petite Fay a gagné en beauté ce qu'elle a perdu en talent. Mlle Colon, à présent Mme Lafond, plaît beaucoup, aux *Variétés* : elle est froide. J'étais à la première représentation de *Christine* par Soulié. Lui, je l'aime beaucoup, et d'après son *Roméo* je comptais sur un grand succès. C'est pitoyable, plein de longueurs, de faussetés, et inintelligible : c'est du Walter Scott manqué sur la scène. Elle fut sifflée à outrance. Les jours suivants elle s'est relevée un peu, mais elle n'ira pas loin ; pourtant on y trouve çà et là des marques d'un vrai talent, mais rien n'est préparé. J'ai vu *Henri III*, c'est du dernier mauvais au théâtre ; les faussetés historiques y ressortent trop et le vide d'action, il n'y a que deux scènes. J'étais à la représentation pour la statue de Corneille ; on jouait *Rodogune*, elle a été mal jouée par Valmousey. Après la pièce, Nourrit, du *Grand-Opéra*, a chanté la *Messénienne* de Lavigne, les adieux à Rome. Elle a fait le plus grand effet, il a chanté divinement : c'est magnifique, je m'en suis pris à pleurer à ces vers : « Viens grand Corneille etc. » La décoration représentait Rome, et Nourrit était habillé en habit noir, comme Lavigne aurait pu l'être en composant ses vers on eût dit un improvisateur... Rien de neuf en politique c'est la saison morte. On dit que le ministère tombera à la session. Tu as vu *(illisible)* l'Association bretonne dans les journaux et les autres à son exemple. C'est un grand pas fait que cette résistance passive annoncée.

(Pas de signature.)

TROISIÈME LETTRE

(Fragment).

La chanson est, comme celles que tu fais, très spirituelle. Je te reprocherai de te laisser aller à la paresse : tu as cependant bien du temps. Le printemps est une saison de poésie, et tu m'enverras, j'espère, ce que ses beaux jours t'auront inspiré. Tu dois être fâché avec Louis, il a toujours la manie de vouloir mieux faire que les auteurs.

Eh bien ! voilà *Hernani* joué. Les journaux, pour la plupart, surtout *le Voleur*, *le Constitutionnel* et *le Figaro*, en ont rendu compte de la manière la plus malveillante. Ils n'ont pas voulu voir la pièce sous le point de vue de l'auteur. C'est un drame d'imagination, et non un drame de pure réalité. J'ai reçu une lettre détaillée d'un écrivain du *Globe* qui assistait à la 1re représentation, et qui m'assure qu'*Hernani* a eu un grand et noble succès. Quoi que la coterie contraire fasse, en lui abandonnant même le plan comme vicieux, il n'en est pas moins vrai qu'Hugo vient de faire au théâtre une réforme admirable dans le style. Combien sa poésie nerveuse, franche, pleine de la vie intérieure des pensées, et brillante de l'expression tour à tour énergique ou suave, doit exalter le spectateur ! Du premier coup elle a écrasé la facture décolorée, niaise et ampoulée, molle et commune de MM. tel et tel.

La colonne triomphale est là coulée magnifique et colossale, il ne lui manque qu'une base, et c'est ce qu'Hugo, dans un prochain drame, lui donnera en faisant un plan plus neuf et plus vrai. Alors le trophée de la nouvelle école s'élèvera sur son piédestal, et nous à l'entour nous crierons : Victoire !... Quoique j'aie entendu la lecture d'*Hernani*, je suis impatient de le voir jouer, et, dès mon arrivée à Paris, j'irai bien certainement aux *Français* admirer cette belle composition. Le cinquième acte doit être du plus touchant effet. Qu'il est sublime !... Enfin voilà Hugo lancé dans la carrière dramatique, son premier pas est immense, il ne s'y arrêtera pas ! En province on rit encore de lui : à Paris ses ennemis mêmes le regardent comme un géant ; pour moi, je suis glorieux d'être lié avec lui, et Bernard l'avocat, Lucas, que j'ai présentés tous deux chez lui, le sont de le connaître. Je ne pense point qu'il se mette sur les rangs pour remplacer Lévis, il est d'un caractère à ne pas tenir à cela. J'ai le plus grand désir de voir Lamartine, j'espère le trouver chez Hugo, quand il viendra à Paris à sa séance de réception. Ecris-moi dans une quinzaine, à Paris. Voici mon adresse : Rue des Boucheries-Saint-Honoré, n° 3, Grand Hôtel de Normandie.

Adieu, mille respects et amitiés à mes tantes Lambert et Pelletier, Sophie, Sophinette, Athénaïs, Cottineau. J'embrasse le petit Eugène. D'après ce qu'on m'en a dit ici, il est charmant, charmant ! Tu dois bien l'aimer ; je voudrais bien le voir à présent qu'il est grand, et si je puis t'être agréable à Paris, tout à toi.

Signé : Evariste.

(On lit sur le timbre de la poste : Rennes, 8 mars 1830).

QUATRIÈME LETTRE

Palais-Royal, 20 avril 30.

Tu as beau dire, mon cher Eugène, tout ce fracas de la capitale, ces plaisirs, ces troubles, ces intérêts divers m'étourdissent le cœur et ne me laissent pas vivre au gré de mes caprices de poésie et de solitude. Cette vie qui convient si parfaitement à l'homme de raison et d'esprit pèse souvent à celui chez qui l'âme domine ; il ne peut assez se réserver pour lui-même, et il tient toujours par quelque reste d'humanité à la foule turbulente qui l'environne avec ses idées du jour. Il ne peut se sentir vivre assez de sa propre existence ; amant de l'individuel, il trouve toujours le général qui le surmonte, et chaque fois qu'il pense, il regrette et se plaint. Certes, avec ton amour des beaux-arts, tes idées politiques et littéraires, tes goûts nombreux, ton avidité d'œuvres nouvelles, tu éprouverais ici des jouissances de tous les moments, et je sens pour toi beaucoup de regret que le destin t'ait lié si loin du lieu où tu aurais pu abreuver tes désirs de tout ce qu'il y a de grand et de bon. Comme toi, sois-en persuadé, je mets à un haut prix, à un prix inappréciable le bonheur de contempler les chefs-d'œuvre, d'admirer les premiers interprètes dé la Muse tragique et comique, de connaître les célébrités de l'époque, de serrer la main à quelques-uns de ces grands hommes futurs, mais ce n'est pas encore assez pour moi, j'aime la nature, ses magiques tableaux, son immense tranquillité, ses bruits harmonieux, ses teintes variées, et je voudrais être à même d'aller longtemps chaque année me retremper en elle. Oui, une saison à Paris, et les trois autres dans l'isolement des champs, voilà la terrestre félicité ! Avril, c'est le temps des doux soleils, de la fraîcheur et des parfums ! Le beau printemps commence, et avec lui mon âme voudrait prendre des ailes pour parcourir les verdoyantes campagnes. A cette époque, je me sens la ville toute importune, malgré l'ivresse que j'éprouve continuellement, à Paris, dans la société de nos écrivains illustres, de nos poètes, de nos orateurs fameux, malgré le contentement que j'ai d'être attaché à la maison d'Orléans où les idées restent nobles et généreuses, malgré mes espérances d'un nom. Dans ces jours de renouveau, je rêve aux sables de Donges, aux tilleuls de notre jardin, à la grande allée de la Symonnais, et je ne puis m'empêcher de les regretter, de regretter les paisibles heures qu'on y passe, et de te dire heureux, mille fois heureux... Oh ! ne te plains jamais, toi l'époux d'une jeune femme douce, spirituelle et qui t'aime, toi le père d'un si joli enfant, toi, entouré de personnes si bonnes et si aimables, toi qui trouves, à tes côtés tous les avantages des villes dans le calme des champs : l'instruction, la délicatesse et l'affabilité.

J'ai à te parler de littérature, mais je voudrais que ce fût de vive voix, je t'en dirais bien plus long ; les détails qu'on omet dans une lettre et qui reviennent dans la conversation ne sont pas les moins intéressants. La *Christine* de *Dumas* attire du monde à l'Odéon. Dumas avait voulu resserrer dans une seule pièce en 7 actes la trilogie des anciens. Cet essai ne lui a pas entièrement réussi, et dès la 2e représentation il a cru devoir retrancher l'épilogue, moi je ne l'aurais pas fait, car j'y trouvais des beautés. J'assistais à la 1re représentation. L'immense salle de l'Odéon ne pouvait contenir la foule. Malgré des sifflets, la pièce, soutenue par les romantiques, a eu un succès brillant qui continue. Tu auras lu dans les journaux la marche de la pièce, je ne te la rappellerai pas : suivant moi le style est beaucoup trop imité de celui d'Hugo. le prologue et les trois premiers actes sont vides d'action et d'intérêt. A la fin du 4e acte, la scène entre Monaldeschi et Sentinelli, dont l'idée appartient à Goëthe, est vive et pressante, et cela ne cesse pas d'aller très bien jusqu'à la fin. Aussi les deux derniers actes ont-ils fait le triomphe de la pièce. Je crois que réduite à trois, elle eût été d'un effet puissant. On a saisi avec chaleur, au 1er acte, une allusion à

Hugo, lorsque le jeune Français arrivé à *Stockholm* parle
d'un drame nouveau de Corneille et que l'Académie siffle au
Théâtre-Français, *Les Horaces* ont l'air absolument de cou-
vrir le mot *Hernani*. Ce passage est poétique, mais c'est un
hors-d'œuvre et je n'aime pas cela. Et puis la pensée première, m'a dit Hugo, est prise dans sa *Marion Delorme*. Dumas
a le défaut de piller un peu. Il est dans la maison du duc
d'Orléans, nous nous connaissons beaucoup, et il me donne
des billets quand je veux ; je suis retourné plusieurs fois à la
Christine. Georges, qui crie trop, a de beaux moments.
Lockroy, mauvais d'abord, au 5e, est très bien, surtout dans
cette scène admirable, où pressant la reine dans ses bras, il
veut obtenir sa grâce en dominant le moral *par le physique*.
Cette scène hasardeuse est d'un grand effet. Ligier est très
bon. La petite Noblet est charmante, charmante, dans le rôle
du page. Cette actrice ira loin, il est malheureux qu'elle soit
si faible. Dumas m'a dit l'autre matin qu'il avait demandé la
croix d'honneur, et qu'on allait soumettre la proposition au
roi. *Fontan* vient de fait recevoir à l'Odéon *La Sorcière*, sous
le nom de *Jeanne la folle* ou la *Bretagne au XIIIe siècle*. C'est
un drame en 5 actes et en vers. George jouera le principal
rôle. On en dit du bien, et *Fontan* fonde là-dessus des espérances. Je le vis dimanche à *Sainte-Pélagie* avec Barthélemy
et Magalon. J'y restai trois ou quatre heures : il me raconta
son voyage et ses tribulations. Il est comme Casimir, il
trouve *Hernani* pitoyable, il se plaît beaucoup en prison, et
travaille. Nous nous promenions dans la cour ; Barthélemy
me proposa de fumer et se mit à consumer plusieurs pipes,
il me fit des compliments sur ma traduction de la ballade de
Sedlitz, et me dit qu'il avait essayé de la traduire, mais qu'il
n'avait jamais pu. Il est très triste, et très joueur, fait peu de
cas de Lamartine, moins encore de Béranger, et est très par-
tisan d'Hugo. Il a de bonnes façons, et a peut-être 27 ans.
Comme nous étions là, sa maîtresse, jeune et jolie blonde,
est arrivée, il nous a quitté, et j'ai pensé que l'amour allait
idéaliser en palais sa modeste chambrette. La belle de Fontan était aussi dans la sienne. Je ne m'attendais pas à trouver
un sérail à Sainte-Pélagie. J'étais à la réception de *Lamartine*.
Son discours, quoique un peu vide et faux en politique, me
sembla fort bien. J'espère que *Sainte-Beuve* me le fera connaître. *Sainte-Beuve* vient de publier un volume de poésies :
Les Consolations, où il y a de bien jolies choses ; il a un talent
très remarquable, et c'est un si bon garçon : on dit qu'il va
en Grèce avec *Lamartine* : ce n'est pas certain, du moins lui
n'en est pas sûr. Je vais souvent causer avec Casimir : quel
excellent homme ! Son *Louis XI*, auquel il travaille à force,
sera joué à l'*Odéon* au commencement de l'hiver. Je ne partage pas ses opinions littéraires, mais je l'aime de toute mon

âme. J'ai revu Béranger chez *La Fayette* mardi, il est maintenant tout à fait rétabli, il était malade cet hiver. J'allai l'autre dimanche pour le voir, il était sorti, me dit-on ; mais *Lebreton* que je trouvai peu après et qui en venait, me dit qu'on ne nous avait pas reçus parce que Béranger était avec une petite femme qu'il avait entrevue en ouvrant la porte. Était-ce Lisette ? On annonce prochainement aux Français une tragédie de Drouineau. J'ai vu souvent *Hernani* ; à la représentation toutes les invraisemblances ressortent beaucoup. J'ai trouvé la partie plaisante, mauvaise. *Hugo* s'efforce à rire, ce n'est pas naturel chez lui, mais qu'il y a de beaux passages ! Joannin est admirable, et Mars a des moments ravissants. *Hugo* vient encore de m'envoyer deux billets de premières pour ce soir ; je ne sais si je pourrai y aller, car je vais en soirée chez *La Fayette* et chez Al. *Duval*. *Scribe* s'est mis sur les rangs cette fois pour l'Académie. Casimir est son ami et le porte chaleureusement. Moi je pense que Scribe n'a aucun titre pour en être. Je n'ai pas encore vu la troupe d'opéra allemande, qui a débuté mardi, cela doit être beau, j'irai. Il paraît certain que l'ordonnance de dissolution de la chambre est signée... On dit mort le roi d'Angleterre, cela changerait le ministère, et Codington deviendrait alors chef de l'amirauté. Papa et maman vont aller passer quelque temps à Donges ; ils y seront peut-être arrivés quand tu recevras ma lettre. Je t'en supplie, mon cher ami, aie bien des attentions pour eux. Distrais-les, va bien, bien souvent causer, reste longtemps chez nous, et, s'ils étaient malades, sois-leur utile, je t'en serai on ne peut plus reconnaissant, mon cher Eugène. Ecris-moi à l'adresse que je t'ai donnée, et donne-moi de leurs nouvelles. Je ne suis pas de ton avis sur *Moïse* de Chateaubriand. Ce que j'en ai lu est médiocre, le tout doit être pareil, puisqu'on n'a pas osé le jouer par égard pour la grande réputation de l'auteur.

Un bonjour au petit Eugène.

Présente mes amitiés respectueuses à toute la famille.

Ton dévoué cousin.

Signé : EVARISTE.

CINQUIÈME LETTRE

Palais-Royal, 2 juin 1830.

Je te remercie beaucoup, mon cher Eugène, de ta jolie chanson ; j'y ai trouvé des idées fort spirituelles comme dans tout ce que tu fais. Ne me laisse pas ignorer, je te prie, tes nouvelles productions, et crois que j'ai toujours bonne envie de connaître tes ouvrages. Quant à mon dévouement, tu dois y compter aussi ; toutes les fois que tu penseras que je puis t'être utile à Paris, use de moi, ce me sera un plaisir de te donner preuve de ma franche amitié.

Je n'ai pas ici ta dernière lettre, et je ne me rappelle pas ce que tu m'y disais. Aussi je ne t'y répondrai pas, sauf à y revenir plus tard, car il me semble que je n'étais pas encore de ton opinion sur certaines choses, *Hernani*, Stockholm, peut-être, je ne sais.

Lamartine va faire paraître un de ces jours ses *Harmonies* en deux volumes. Ce sont presque toutes pièces religieuses ; cependant il m'en a lu une dans le genre de ses *Méditations* amoureuses, un souvenir d'une jeune fille morte à seize ans, intitulé : *Premier amour* C'est divin ! A propos c'est justement sur lui que je devais combattre avec toi. Tu as l'air de le mettre au-dessous des autres, et de croire que je pense toujours comme toi ; non pas, je n'ai pas changé et Lamartine me semble hors ligne. Il vit dans une autre sphère, il est plus haut que le monde, et sa voix chante dans les cieux. C'est un admirable génie et dont le genre ne peut être mis en comparaison avec aucun autre. Il me semble que dans quelques siècles d'ici l'on prendrait pour des révélations célestes ses poésies, s'il n'y avait pas mis son nom ; je crois ton opinion sur son talent et sur son caractère tout à fait erronée. Comme poète, c'est un colosse dont la tête se perd dans les nues ; ses chants sont les plus harmonieux, les plus touchants, les mieux sentis que je connaisse ; c'est là, quoique tu en dises, le véritable, l'intime amour !... Comme homme, il est estimable, il a son opinion. C'est un noble, modifié par l'époque, un royaliste constitutionnel, et non point un jésuite. Il a l'ambition des honneurs, mais, que veux-tu, Chateaubriand et Byron l'avaient bien.

Hugo a le plan fait de deux drames qu'il voudrait achever pour cet hiver ; mais ses libraires le tourmentent pour qu'il finisse son roman de *Notre-Dame de Paris*, et il n'en est encore qu'à moitié. Il n'a pas de quoi publier encore un volume d'odes. Je vois avec plaisir que tu es revenu de bien loin, et que te voilà presque un de ses partisans : force du génie, tu finis toujours par attirer invinciblement ! Tu sens, mon cher ami, combien tu avais tort autrefois de tourner en ridicule ses incorrections, la postérité laissera tout son mauvais et aura encore de quoi admirer. Je te félicite de t'être ainsi rapproché de nous. C'est preuve de goût et surtout de loyauté. Je voudrais te prouver le plaisir que j'en éprouve, et je ne trouve pas de chose qui puisse, je pense, t'être plus agréable, à toi ami des grands hommes, que l'écriture d'Hugo, du poète créateur, du haut lyrique. Ce sera un monument pour ton portefeuille et un souvenir de moi puisque mon nom y est. C'est un billet de parquet ou d'orchestre (c'est le terme de Paris) pour la dernière représentation d'*Hernani*; Hugo l'a écrit devant moi, et tout est de sa main, excepté le mot *Hierro*, imprimé: tu es un amateur de spectacle, et cela te fera plaisir.

A mon grand regret, Casimir Delavigne, que j'aime de toute mon âme pour son noble caractère, ses opinions politiques et l'affection qu'il me montre, est à la campagne avec son frère Germain, il va y travailler, y terminer son *Louis XI*; nous les verrons cet hiver ; je désire vivement qu'il ait grand succès, et je l'espère, car si Delavigne manque trop souvent de feu et de nouveauté dans les idées, du moins a-t-il toujours une pureté, une noblesse de style dignes d'admiration. C'est l'homme le plus affable, le plus modeste du monde, je t'avoue qu'en lui donnant le bras, quelquefois mon cœur battait diablement d'orgueil. Je suis bien fâché qu'il ne revienne qu'à la Toussaint, c'est une perte pour moi. Viens donc me voir cet hiver, je te ferai connaître tous ces beaux talents.

Je n'aime pas autant le caractère du célèbre Béranger, il a une affectation de modestie bien fatigante. Ce sont des mots transparents, l'orgueil y paraît ; et alors il n'a plus cette franchise qui le fait supporter.

Soumet travaille une tragédie : *Norma* ou la *Médée du Nord* ; il a une facilité sans pareil à faire le vers, mais il ne crée pas malheureusement assez. Il y a beaucoup, beaucoup de talent dans la *Fête de Néron*. Ligier est excellent

Alfred de Vigny travaille une tragédie : *La Maréchale d'Ancre*. Le sujet est bien repoussant ; il avait commencé un roman qu'il laisse, il en recommence un autre.

On jouera demain à l'Odéon : le *Marchand de Venise*, imitation de *Shakespeare*; je ne sais de qui c'est.

On jouera incessamment *aux Français*, *Françoise de Rimini*, par Drouineau.

Potier donne des représentations à la Porte-Saint-Martin. Il a été délicieux dans le ci-devant jeune homme, et le bourgmestre bien meilleur que dans Werttier et le père sournois des petites Domaïdes.

Miss Smithson est du dernier tragique, il n'y a pas de comparaison entre elle et aucune de nos actrices, sans excepter Mlle Mars. C'est la nature ! le désespoir vivant ! Elle est sublime ! et pourtant l'*Auberge d'Auray* est une exécrable pièce, où elle n'a qu'un rôle muet. Si cette femme savait le français, quelle acquisition pour un de nos théâtres.

Mme Pradher est ravissante à l'Opéra-Comique, ravissante de grâce simple et poétique : c'est la seconde femme que je vois dans ma vie si belle de ce je ne sais quoi qui porte tout à l'âme.

Il va du monde à l'Opéra allemand, j'y suis allé deux fois entendre le *Freischütz* et *Fidélio*, dont la musique est si harmonieuse et si originale. Mme Shroeder et Haitzinger chantent parfaitement la passion, surtout Mme Shroeder.

Au revoir, mon cher Eugène. Je t'en prie, sois bien attentionné pour papa et maman, tiens-leur bien compagnie, je t'en serai reconnaissant. Présente mon tendre souvenir à ta mère, à ma tante Pelletier, à Sophie, à ta femme, à ta sœur et à Cottineau. J'embrasse ton petit.

Tout à toi.

Signé : EVARISTE.

SIXIÈME LETTRE

31 juillet.

MON CHER AMI,

Le duc d'Orléans est revenu de Neuilly à Paris ce matin ; il s'est déclaré lieutenant général du royaume, en attendant que les chambres réunies le déclarent roi. Il se montre au balcon de son palais en habit bourgeois et avec la cocarde tricolore ; le peuple pousse des acclations. Le duc de Chartres va revenir avec son régiment. L'ex-roi et le duc d'Angoulême soldent en vain les troupes qui environnent Paris ; beaucoup de soldats jettent leurs armes. Je crois que la révolution est finie. Elle a commencé près de ma rue et a fini là

Voici les ministres du moment :

Sébastiani, aux affaires étrangères
Dupuis, à la justice.
Gérard, à la guerre.
Cavoux, à la police.
Darinenni, aux travaux publics.

Il y a une commission pour la sûreté de tout On dit que Saint Cloud vient de se rendre.

SEPTIÈME LETTRE

Palais-Royal, 5 août 1830.

Mon cher Eugène, le sang du peuple a reverdi l'arbre de la liberté, le drapeau national déroule ses trois couleurs dans les airs, et le cœur du patriote bondit dans sa poitrine. Une page sublime est ajouté à notre histoire, et la postérité y jettera avec étonnement les yeux. Elle y admirera ces trois journées populaires qui ont suffi pour briser un trône, et faire servir ses débris au monument de la nation. Jamais chose si belle n'a parlé à l'âme, je crois encore par moment que c'est un rêve créé par mon imagination de poète pour consoler mon cœur de citoyen. Oh! que ne puis-je serrer ta main dans la mienne, tu sentirais à son tressaillement tout ce que j'éprouve.

La province doit une grande reconnaissance aux Parisiens pour leur énergie et leur promptitude à agir, ils ont sauvé les départements des horreurs de la guerre civile. La jeunesse des écoles et le peuple ont montré un courage sans exemple pendant le combat et un désintéressement admirable après la victoire. Les Tuileries étaient gardées par des gens en guenilles, et rien n'y a été pris, excepté le vin du roi, qu'on a trouvé délicieux. Je t'assure que la conduite de ces hommes que les nobles appellent canailles a été au-dessus de tout éloge ; ils ont respecté et fait respecter les propriétés. Rien enfin de beau comme cette révolution pure de violence et d'excès.

Oh! c'est à présent surtout que je regrette amèrement mon père! Que ne voit-il encore! que n'assiste-t-il au triomphe de la patrie! Ses yeux se sont fermés avant que le soleil de la liberté se levât; il n'a point revu ce noble drapeau tricolore qui était son vœu constant, et dont il m'avait appris à m'enorgueillir! Mais du moins son âme voltige autour de nous, et se mêle à nos fêtes civiques. O mon père, ô vertueux patriote, sommeille plus doucement dans la tombe!..

Ces événements inattendus, inespérés, ont secoué le profond chagrin dans lequel j'étais enseveli. Au milieu du sifflement de la mitraille, des cris nationaux, une fièvre continue m'agitait jusqu'au transport. Dès le mardi j'étais allé en députation de la part des jeunes gens avec Pierre Grand et Barthélemy Marast chez Casimir Périer où les députés étaient rassemblés, pour les exciter à soutenir leurs droits, à se déclarer autorité permanente, et à compter sur la jeunesse. Je ne te donne point de récit des événements, tu l'as lu dans les journaux. J'ai vu jeter la première pierre et tirer le dernier coup de feu. Ma rue a été criblée. J'ai transporté dans ma cour un pauvre marin blessé d'une balle, qui, le premier, m'a-t-il dit, avait monté à l'abordage à Navarin. Parmi mes amis, je pleure la mort de ce pauvre Papu qui est tombé frappé de deux balles le mercredi soir en combattant comme un brave sur la place de Grève contre les Suisses, il est mort dans la nuit même à l'Hôtel-Dieu. Radiguel n'a point été blessé. Sanspoil a reçu une balle morte au milieu du front. Letellier du *Cabinet de lecture* a été blessé, Farcy du *Globe* tué. Je ne sais encore si j'ai d'autres amis à plaindre. J'ai vu avec plaisir beaucoup de marins se distinguer dans la mêlée.

Je t'ai écrit sitôt qu'il y a eu quelque chose de certain, j'espère que tu auras reçu ma lettre.

La proclamation et le discours du duc d'Orléans aux Chambres sont bien, et lui ont valu des partisans : il serrait la main aux gens du peuple dans les rues, et sa figure épanouie annonçait son bonheur. Dimanche, il vint saluer le peuple sur son balcon, il était entouré de sa femme, sa sœur et ses enfants ; Lafayette était près de lui, et il agitait le drapeau tricolore. C'était touchant. Hier le duc de Chartres est arrivé avec son régiment de hussards. Aujourd'hui plus de trois mille Rouennais sont arrivés en troupe. L'ex-famille royale a quitté avant-hier soir Rambouillet pour se diriger vers Cherbourg où elle va s'embarquer. Vingt mille Parisiens avaient marché sur Rambouillet. J'ai l'espoir que maintenant la paix va se rétablir. Le duc d'Orléans sera un chef populaire, et au fond un véritable président de République, l'hérédité et le nom en sauveront les désordres. Le parti des républicains est fort ; mais il se rendra à la nécessité. Quant aux étrangers, je ne crois pas qu'on ait à les craindre, c'est une trop bonne leçon pour leurs rois, les peuples sont tous prêts à en profiter.

J'ai reçu ce matin une lettre de Leroux, qui montait la garde aux portes du palais à Rennes. La garde nationale s'y était organisée sous les drapeaux tricolores ; tâche que de vos côtés on agisse ainsi. C'est assurer la tranquillité publique.

Comme la Fayette était heureux dimanche en allant chez le duc d'Orléans, la foule l'environnait en criant : Vive La Fayette, et en chantant la *Marseillaise*. On la chante dans tous les théâtres avec la *Parisienne*, nouvelle cantate de Casimir, qui est au-dessous de son beau talent. Je n'ai point vu Fontan depuis son arrivée de Poissy. La *Jeanne la Folle* est à l'étude à l'Odéon et son petit drame d'*André*, défendu par la censure, aux *Nouveautés*.

Je te remercie de ta pièce de vers, j'y ai trouvé de fort jolies choses. J'espère pouvoir aller à Donges ces vacances, et nous causerons de toutes tes productions ; car je veux que tu les montres toutes. Je te donnerai aussi alors bien des particularités sur les événements et les hommes.

Bernard est nommé procureur-général à Paris. Il est heureux.

J'embrasse ma tante Pelletier, ta mère, Sophie, ta femme, ta sœur, Cottineau et ton petit mignon. Amitiés dans le pays.

Tout à toi.

Signé : EVARISTE.

HUITIÈME LETTRE

Palais-Royal, 10 août 1830.

Mon cher Eugène, j'ai reçu hier ta lettre, et je m'empresse de te répondre pour vous rassurer. Charles X doit être près de s'embarquer à Cherbourg où le conduisent des commissaires nommés *ad hoc* Je ne crois pas que la Vendée se soulève, elle a trouvé trop peu de reconnaissance dans les Bourbons. Je reçois à l'instant une lettre de Beauvoir (*sur-mer*), où l'on me dit que M. de Ménars et deux chefs de chouans avaient pu à peine réussir à rassembler 200 hommes, qu'ils n'avaient osé s'aventurer à rien avec si peu de troupes, et que, sur un ordre du préfet de la Vendée, M. de Ménars avait quitté le pays. J'ai le ferme espoir que nous allons avoir du repos maintenant. Je doute même beaucoup que les étrangers nous inquiètent.

Le duc d'Orléans a été élu roi par la Chambre samedi soir ; il a prêté serment hier ; tout le monde a la plus grande confiance en lui. Mais beaucoup pensent que la Chambre a outrepassé son mandat, qu'elle n'avait été formée que pour combattre les usurpations de l'ancien gouvernement, qu'elle avait fini avec lui, et qu'elle n'avait point le droit de choisir un roi au peuple, qui devait à cet effet élire une nouvelle Chambre. On trouve aussi qu'elle a mis de la tiédeur dans ses réformes, que l'hérédité des pairs était une chose à détruire, le cens des députés à diminuer de beaucoup, etc., etc. Le parti républicain était très puissant, tous les jeunes gens s'y sentaient entraîner. Ils ont sacrifié leur opinion personnelle à la sûreté d'une prompte paix et du retour de l'ordre ; mais avec un roi, au lieu de la charte (mot usé), il aurait fallu une nouvelle constitution, une constitution républicaine. Je pense que les députés, après le budget, se démettront, et que la Chambre de 1831 ira en avant dans le chemin des améliorations. Nous voulons là des hommes de notre temps, des hommes qui sentent les besoins de notre génération et ne reculent point.

Cela fait peine de voir tous ceux qui n'ont couru aucun danger et qui pendant le combat avaient revêtu le bonnet de crème, signe affecté de maladie, surgir maintenant, et demander à grands cris des récompenses. Il y a eu trop de places aussi données aux députés.

Gaillard, l'avocat, est nommé procureur-général à Rennes, un M. Leroy, préfet, Jacques Duboys, secrétaire général de la préfecture ; il paraît que les conseillers de préfecture seraient Jouaust, Jolivet, Laquittière, et Retourneux. On m'a dit que Bernard avait envie de faire nommer Kermarec président de la Cour. Maintenant que mon pauvre père n'est plus, ô mon cher Eugène, quelle idée!... Je pense que cela revient de droit à M. Malherbe.

C'est aujourd'hui que paraît le nouveau poème de Méry et Barthélemy, l'*Insurrection*.

On joue demain aux *Nouveautés* un drame-vaudeville de Fontan, intitulé : *André*.

Sa *Jeanne la Folle* ne tardera pas à l'*Odéon*. Je pense que Béranger va chanter le grand événement qui nous régénère. Il y a quelque temps que je ne l'ai vu : dans ces circonstances, on ne sait ce que chacun devient.

Je viens de rencontrer Tissot, il était ravi. Les vrais citoyens s'abordent, la joie dans les yeux.

J'ai su quelques détails sur la mort de ce pauvre Papu. Il est mort à quelques pas de Nabos, et n'a survécu aux coups de feu qu'il avait reçus que quelques minutes, il est enterré avec d'autres au-dessous de la colonnade du Louvre, et je n'y passe plus sans me sentir le cœur brisé. Radiguel est malade des fatigues qu'il a eues.

Présente un bien tendre souvenir de ma part à ma tante Pelletier, à ta mère, à Sophie, à Cottineau, à ta femme, ta sœur, et embrasse bien pour moi ton petit Eugène.

Ton tout dévoué :

EVARISTE.

NEUVIÈME LETTRE

Palais-Royal, 4 novembre 1830.

MON CHER EUGÈNE,

Je viens de faire paraître un volume d'*Odes nationales*, où j'ai traité les grandes époques de notre histoire contemporaine, je t'en offre de cœur l'hommage. Comme il se vend au profit des victimes du mois de juillet, je ne t'en enverrai point d'exemplaire; tu l'achèteras à Nantes, et tu me sauras gré de te faire participer à une bonne action. Dis-moi franchement et au long ce que tu penses de mes odes; tu me verras dans la dernière : *La Révolution de 1830*, lutter avec les poètes qui ont déjà travaillé sur ce sujet, et il y aura pour toi intérêt à juger. Tâche, dans le pays, de me procurer quelques acheteurs par le motif de patriotisme, je t'en serai obligé.

La littérature a eu quelques mois de léthargie. Elle commence à se ranimer.

Le théâtre français a donné une comédie : *La Demoiselle et la Dame*, qui n'a eu aucun succès. J'étais samedi à la 1re représentation du *Nègre*, intrigue plate et commune, style faux et guindé, à la fin une très belle situation. Le nègre, debout sur la roche, d'où il est prêt à jeter dans la mer la fille du colon, voit son maître et ses oppresseurs tomber de loin à ses genoux, et se sent relevé à la dignité d'homme par leur abaissement. *La Corinne* qui y a été jouée est sans intérêt ; la versification en est facile, mais commune. On va y reprendre *Hernani*. Hugo, que je vis hier, travaille à force son roman.

L'*Odéon*, sans nos éloignement, ferait beaucoup, le directeur a montré une grande activité. Depuis qu'Ancelot y est tombé à plat, on a joué *La Mère et la Fille*, drame en 5 actes en style de vaudeville, avec des situations fortes, mais outrées. La *Séparation*, petite comédie en 3 actes, dont l'esprit, qui n'est pas souvent de bon ton, gît seulement dans les mots, y a une espèce de réussite. On joue après demain *Urbain Grandier*, drame de l'acteur Desfoyers, quelquefois collaborateur de Fontan. On y donnera dans une dizaine de jours *Iseult de Raimbault*, drame de Paul Foucher, beau-frère d'Hugo ; et ensuite *Napoléon Bonaparte*, que Cordelier Delanoue a fait avec Dumas, mais auquel le premier seul mettra son nom.

Scribe vient d'avoir trois chutes consécutives, une dans l'*Enlèvement*, exécrable opéra, et deux au Gymnase. Il est usé.

Lavigne prépare son *Louis XI*. Sa *Messénienne* n'a point eu de succès.

Tous les théâtres font assaut de *Napoléon*. On dit que celui de la porte Sainte-Martin est le meilleur ; je ne le connais pas. Les autres que j'ai vus sont des esquisses pâles et fausses du grand capitaine.

Je ne parlerai pas politique. Voilà un nouveau ministère, et il faut attendre ses actes pour le juger. Espérons qu'il marchera droit dans la route de la liberté que le soc du peuple a ouvert sous le soleil de juillet. Les opinions de la province sont bien loin d'être à la hauteur de celles de Paris. La conduite de la Chambre hier, son soulèvement au seul mot de souveraineté du peuple, a produit un mauvais effet ; d'Argenton méritait moins d'emportement.

Je ne sais quel député vous allez élire enfin. Tu auras fait, j'en suis persuadé, tout ce qui aura dépendu de toi pour Duboys.

Écris-moi longuement, et remercie ma bonne tante Pelletier de la lettre qu'elle m'a écrite ; j'y ai été bien sensible. On aime tant à trouver des cœurs comme cela.

Présente mes amitiés sincères à ta mère, Sophie, ta femme, Athénaïs et Cottineau.

Ton ami dévoué.
Signé : ÉVARISTE.

DIXIÈME LETTRE

Palais-Royal, 4 janvier 1831

Mon cher ami, je te remercie mille fois des choses flatteuses que tu as bien voulu m'adresser sur mon volume; j'étais certain qu'il aurait trouvé une vive sympathie dans tes sentiments de patriotisme; crois bien que ton suffrage m'est précieux.

Cette lettre ne t'apporte point les vœux banals de tendresse qu'amène l'époque du premier jour de l'an; tu sais tout ce qu'il y a pour toi d'affection dans mon cœur; à toute époque et dans toute circonstance il te sera dévoué.

Les agitations politiques qui ont troublé pendant quelques jours la capitale et les cruels ennuis de ces maudits jours de la nouvelle année m'ont empêché de t'écrire plus tôt, comme chaque matin j'en avais le projet; ne m'en veux pas.

Le calme est revenu : la mer est basse : cependant la jeunesse n'est pas contente, elle repousse la pairie, elle hait la Chambre des députés. Il faut avouer aussi que ces Messieurs n'ont rien fait depuis le 30 juillet pour seconder le grand mouvement social; ils n'ont pas du tout compris l'époque. Je suis véritablement dégoûté de tous ces hypocrites, ces égoïstes libéraux. Il y a quelque chose de désolant dans la vue de tous ces ambitieux qui, loin des honneur nous avaient semblé si désintéressés, si brûlants pour le bien public. Les uns se taisent, ils ont la bouche pleine; les autres tendent la main, et plient le dos dans les antichambres ministérielles. C'est à devenir misanthrope; avec ces plébéiens de boue point de salut; l'aristocratie de l'argent est la plus ignoble, elle ne s'appuie sur rien de digne : espérons que cette écume rentrera peu à peu dans son lit, et qu'avec des lois populaires nous aurons des gens honorables pour les faire exécuter. La liberté s'est mise en marche, et si, après un grand effort, elle s'est reposée, croyons qu'elle ne s'endormira pas sur la borne du chemin. Mais il y a une chose chagrinante. c'est de voir combien les départements sont en arrière : de quelle hauteur Paris les domine. Je ne partage pas l'avis de ceux qui crient contre l'acquittement des ministres de Charles X, c'est un antécédent qui profitera aux amis de la patrie. A présent, on ne peut plus condamner à mort pour délit politique; c'est un grand pas fait, un terrible obstacle levé. Je ne sais rien de nouveau, que ce que tu lis dans les feuilles. Je trouve que leur peu de franchise sert bien à fausser l'esprit des provinces.

La littérature n'a point d'ouvrages neufs.

Le marasme continue encore. *Napoléon*, de Dumas et De-

lanoue, sera joué à la fin de la semaine à l'*Odéon*. Je crains
encore qu'ils n'aient fait une pièce tout admirative, d'après
ce qu'ils m'en ont dit. Des vingt qu'on donne, pas une ne
rend l'*Homme*, point d'historique. C'est un placage en l'honneur du héros. Il reste à juger, cela viendra plus tard. J'ai
passé hier la soirée chez Hugo, jusqu'à minuit, à causer seuls
tous deux au coin du feu. Son roman de *Notre-Dame de
Paris* touche à sa fin. C'est bizarre. L'acteur principal est
bossu, sourd et borgne. Ce qu'il m'en a lu a des défauts et
de grandes beautés ; c'est un peu libre. Dans deux mois tu
pourras juger par toi-même... *Les Amours du sonneur de
cloche et de la bohémienne*, les mœurs des truandes piquent la
curiosité.

Dimanche je passai le soir avec Nodier. Il va faire paraître
en un volume ses souvenirs politiques publiés déjà dans la
Revue de Paris ; ce sera un recueil intéressant. Il travaille
maintenant à un *Conte de fée* qui aura probablement deux
volumes. Ce sera une bonne fortune pour les imaginations
fantastiques ; pour moi, je m'en fais une fête. Nodier est un
admirable écrivain.

Je crois que l'*Antony* de Dumas passera cette semaine
aux *Français*. Hugo en a retiré sa *Marion Delorme*.

Je te prie de présenter mes tendres amitiés à ta mère,
à ma tante Pelletier, à Sophie, ta femme, Athénaïs et Cottineau. Je pense souvent à vous.

Crois à mon entier dévouement.

Ton ami.

Signé : EVARISTE.

Vannes. — Imprimerie LAFOLYE Frères, 2, place des Lices.